시작시인선 0152

리튬

시작시인선 0152
리튬

1판 1쇄 펴낸날 2013년 5월 31일
1판 2쇄 펴낸날 2014년 9월 15일
지은이 채상우
펴낸이 채상우
디자인 정선형
펴낸곳 (주)천년의시작
등록번호 제301-2012-033호
등록일자 2006년 1월 10일
주소 100-380 서울시 중구 동호로27길 30, 413호(묵정동, 대학문화원)
전화 02-723-8668
팩스 02-723-8630
홈페이지 www.poempoem.com
이메일 poemsijak@hanmail.net

ISBN 978-89-6021-188-9 04810
     978-89-6021-069-1 04810(세트)

값 9,000원

*채상우 시인은 2009년 서울문화재단 문학창작활성화지원사업의 지원금과, 2011-12년
 한국문화예술위원회 문예진흥기금 공모 사업(아르코영아트프론티어 지원)의 지원금을 수
 혜 받았습니다.

리튬

채 상 우   시 집

천년의시작

시인의 말

난 神을 찾았다

그런데, 왜

나는 죽지 않는가

차 례

시인의 말

제2부

제4부

일러두기

하나의 연이 첫 번째 행에서 시작될 때에는 >로 표시합니다.

제1부

그리하여 나는

죽은 사람

이인용 식탁처럼 식탁 위 판유리처럼 먼지처럼 먼지 가득
내려앉은 접시처럼 녹슬기 시작한 포크처럼 나이프처럼 냄
새나는 고기처럼 상한 아침 햇살 곪기 시작하는 그림자처럼
썩어 가는 시곗바늘처럼 그리하여 나는 고요한 사람 움직이
지 않는 사람 흔들리지 않는 사람 비밀을 완성하는 사람 그
대 내게 다가와 속삭이네 자책과 욕설을 내 움푹 팬 가슴에
깃드는 상냥한 목소리 내 무른 눈구멍에서 날아오르는 종달
새들 이인용 식탁에 마주 앉아 이제야 말하기 시작하네 그
대 크리스털 잔처럼 찰랑이는 포도주처럼 다시 명랑해진 나
이프와 포크와 접시처럼 투명하게 그대 내 짓무른 입술에 키
스하네 다정한 아침 햇살처럼 아직 명명되지 않은 혁명처럼
아름답구나 나는 비로소 그리하여 아직 태어나지 않은 사
람, 처럼 죽은

결행의 순간

이 세계가 문을 닫는 시각 때론 그제서야 명백해지는 일이
있지 그녀가 떨어뜨리고 간 머리카락의 깊이 귀룽나무에 깃
드는 새의 정체 말할 수 없는 비밀을 말해 줄까 장차 나를 사
랑할 그녀 She's a Killer Queen 난 지금 내가 만든 지옥
속을 거닐고 있어 화약과 단두대 다이너마이트와 레이저 빔
난 내 눈알들을 폭파할 거야 이번 생이 다한다 해도 전생을
기억할 수 없듯 후생에서도 현생을 기억하진 못하겠지 모든
악담이 그런 식으로 시작하듯 She's a Killer Queen 당신
을 기쁘게 하던 사람이 어떻게든 상처로 남겨지는 이유 순수
한 증오 속에는 부정할 수 없는 아름다움이 숨어 있지 저 금
간 담장 아래 맨드라미를 봐 도대체 애초부터 대답할 수 없
는 질문들이 겸연쩍게 숨어 있는 册文처럼 시간은 그렇게 탄
생하고 그렇게 소멸하지 이제 난 아름답지 않은데 왜 이 저녁
은 아름다워지려 하는가 이미 내가 사랑했던 그녀 She's a
Killer Queen, Wanna try? You wanna try 좋아 정
말 참을 수 있다면 이제 비밀을 말해 주지

血書

　가지 않았다 묵호에 가지 않았다 주문진에 가지 않았다 모슬포에 가지 않았다 하루 종일 집에만 있었다 느닷없이 들이 닥치는 햇빛 그러나 가지 않았다 아르헨티나에 쿠바에 유고슬라비아에 가지 않았다 내 의지는 확고하다 창문을 휙 긋고 떨어지는 새처럼 무진은 남한에도 있고 북한에도 있지만 가지 않았다 그러니까 가지 않았다 약현성당에 가지 않았다 개심사에 가지 않았다 길안에 가지 않았다 길안은 내 고향에서 삼십 리 떨어진 동네 평생 가지 않았다 담배를 사러 가지도 않았고 술을 사러 가지도 않았다 아직은 그리하여 가지 않았다 파리에선 여전히 혁명 중인가 광주에선 몇 구의 시체들이 또 버려지고 있는가 게르니카는 아직 그려지지 않았다 꽃잎이 피고 또 질 때면 그날이 또다시 그러나 가지 않았다 애인은 지금 열심히 애무 중일 테지만 가지 않았다 앵초나무에 꽃이 피려 한다 이제 최선이 되려 한다 그러나 가지 않았다 레바논에 사이공에 판지셰르 계곡에 가지 않았다 가지 않았다 못 견디겠네 그러나 가지 않았다 그날 그때 명동에 신촌에 종각에 미도파백화점 앞에 꽃잎 꽃잎들 가지 않았다 그날 오전 열 시 민자당사에 구치소에 그날 새벽 미문화원 앞에, 가지, 않았……다… 그날 아침 그날 저녁 그날 밤 그곳에…… 꽃잎, 꽃잎, 꽃잎들 아직 있다 거기에 어디에도 가지 않았다 가지

않았다 오로지 가지 않았다 가지 않고 있다 가지 않는다 한평
생 아프리카를 떠나지 않는 잭카스 펭귄은 펭귄인가 아닌가

　끝끝내

혁명전야

방문외판원은 오지 않았다 칠 년 전부터 십이 년 전부터
아니 이십오 년 전부터 그동안 부랑자들과 소매치기들이 사
라졌다 돌아왔고 그 많던 간첩들은 내가 사랑했던 몇몇 애인
들과 종적을 감췄다 지금은 방문외판원에 대한 소문마저 끊
긴 지 오래 한때 그가 지나가는 길목마다엔 사람이 사람 사
이에 숨어 있었고 깃발이 나부꼈고 노래가 있었다 방문외판
원은 그 자신 인민이라는 사실을 잊지 않았다 언젠가 어느 곳
에선가 한 번은 본 듯한 얼굴 당신은 누구시길래 지구레코드
가게에서 헤이 쥬드를 처음 들었던 날 그 전날에도 그랬듯 국
기를 향해 부동자세를 취했다 걱정하지 마 그다지 나쁜진 않
잖아 좌판에 널린 고등어처럼 푸르딩딩하게 썩어 간 기도들
그 속으로 방문외판원은 수줍은 소년처럼 다가왔다 그가 요
청한 것은 물 한 잔이 전부였지만 세계위인전집과 가정대백
과사전과 킨제이성생활지침서를 아무 조건 없이 펼쳐 보였다
그는 그러니까 진심으로 미래와 현실을 걱정했다 담임선생보
다 절집 무당보다 여호와의 증인보다 더 그윽한 눈빛으로 마
루 끝자락에 간신히 걸려 있던 저녁 햇살을 바라보았다 방문
외판원의 목소리는 낮았으나 확신에 차 있었고 비장했다 아
름다웠다 그러나 왜 하필 우리인가 가족들은 방문외판원이
대문을 나서자마자 그를 의심하기 시작했지만 그가 남긴 약

속은 정확히 그날 그 시간에 지켜졌다 하늘 첫 마을부터 땅 끝 마을까지 무너진 집터에서 저 공장 뜰까지 모두 들떴고 모두 기뻐했고 모두 안심했다 서로를 축복했다 그러나 바로 그 때 왜 아무도 눈치채지 못했을까

　방문외판원은 두 번 방문하지 않는다

僞年輪

개미는 반드시 오른쪽으로 누워 죽는다 이유도 죄책감도 없이 난 어제도 사랑한다는 말을 하고야 말았다 딱정벌레를 따라 올라간 골목길 끝에는 당단풍나무의 꽃이 마악 피고 있었다 이 년 만에 만난 선배가 다시는 서울에 나오지 말라면서 멱살을 잡았을 때 난 성기를 꺼내 보여 주며 웃었다 서미초의 꽃말은 수줍음이다 수줍음은 때로 타인의 의심으로부터 벗어나는 데 유용하다 소녀였던 써니는 이름이 잔뜩 적힌 목록을 가지고 돌아왔다 She says days go by I don't know why 치매에 걸린 할머니는 하늘나리에 내려앉은 모시나비를 쫓아가다 墜死했다 보건소 의사는 제대로 살고 싶다면 간결체를 쓰라고 느리게 말했다 술 마시고 난 다음 날 먹는 기스면은 항상 퉁퉁 붇곤 한다 어머니는 새벽마다 천수경을 두 번씩 읊조린다 異態에는 반드시 까닭이 있다 어쨌든 당신 때문에 난 새로운 삶을 살기로 결심했다 처음부터 세계는 나에 대해 무관심했고 나도 세계에 대해 심드렁해져 간다 오늘은 보료를 널기에 좋은 날씨 난 한때 죽을 수도 없을 거라 생각했다 당신과 함께 있든 함께 있지 않든 소금쟁이가 물 위에 뜰 수 있는 까닭은 응집력이 부착력보다 크기 때문이다 강둑에 드문드문 돋아나 있던 개쑥들 속엔 보물명이 잔뜩 적힌 쪽지가 숨겨져 있었다 이젠 진실을 말해도 아무도 귀 기울이지

않는다 대학에 들어와 처음 짝사랑한 여자는 ND였다 농발
거미는 일부러 거미줄을 치지 않는다 아직 만나지 못한 시간
들이 이미 건너온 시간들 속으로 꾸깃꾸깃 사라지고 있다 그
렇게 죽을 때까지, 문득

우리가 불 속에서 잃어버린 것들

잊으라 했는데 잊어 달라 했는데 당신은 아무 때나 불쑥불쑥 들러붙곤 하지 두 눈을 면도칼로 도려내기도 하고 뺨을 어루만지기도 하고 성기를 톡톡 건드리며 꺄르륵 웃기도 하고 발바닥에 쇠못을 박기도 하지 숭숭 구멍 난 발바닥 아래 개미 떼처럼 스멀스멀 기어 나와 온 방 안을 점령하는 당신 당신 앞에만 서면 나는 왜 작아지는지 당신 등 뒤에 서면 난 곧바로 침을 뱉는데 난 지난 세기의 마지막 창녀 당신은 당신을 팔아 버린 자와 대면하고 있지 당신은 아무것도 요구하지 않아 당신은 나를 사랑하지도 미워하지도 않지 참 이쁜 당신 잘근잘근 씹고 씹어 먹고 싶은 당신 당신은 자신이 얼마나 섹시한 줄 몰라 당신이 보고 싶을 때면 난 혓바닥을 쑥 내밀곤 해 습관적인 고독 속엔 굴광성의 흔적이 남아 있다지 납골당을 꼭 그러쥔 저 바싹 마른 부처손은 잎이었을까 뿌리였을까 지난여름 건천 위를 횡단하던 흰뱀눈나비의 유충처럼 꿈틀꿈틀 나를 뜨개질하는 당신 난 당신이 난도질한 무늬에 지나지 않지 매번 처음이자 마지막이라고 속삭이는 당신 도대체 언제까지 이런 모욕을 참아야 하나 도무지 거부할 길 없는 당신 당신 없이는 못 살아 나 혼자서는 못 살아 내가 잠시라도 매달리면 당신은 칼날 같은 욕설을 내뱉지 당신은 지나치게 나와 닮았어 당신과 나는 아주아주 오래전에 죽었는걸 장지

뱀 껍질에 기생하는 푸른주름무당버섯처럼 그러니 우리 토
닥토닥 당신이 나를 내가 당신을 위로하고 껴안고 악수하고
그만하자 그만하자 손 흔들고 헤어지면 이 세상 오직 하나뿐
인 당신 그리고 나 사랑도 명예도 이름도 남김없이 남김없이
잊으라 했던 말도 남김없이 저녁 하늘의 물잠자리처럼 곳도
업는 깁흔나무처럼

札記

눈향나무의 꽃잎 가장자리가 붉은색을 보이면 나라에 큰 화가 있다 그해 오월엔 유난히 그랬다 청미래덩굴은 수은을 해독하는 데 좋지만 비가 내릴 때 캔 청미래덩굴은 눈과 귀를 멀게 한다 그러니 잊지 않겠다는 약속을 쉽게 해서는 안 된다 구주소나무의 수피 무늬를 함부로 이해하려고 시도해서도 안 된다 그것은 내몽고 사람들이 구전으로만 창조를 전수하는 마음과 같은 이치다 매한가지로 가지 하나에 꽃이 두 송이 열린 천수국을 보면 범접할 수 없는 일에 대해 생각해서는 안 된다 명왕성의 덧없는 중력이라든지 남의 아이를 밴 옛 애인이라든지 신성한 나무란 벨 수 없는 나무가 아니라 이미 베어 졌다는 사실을 잊어버린 나무다 이제 누가 산딸나무를 지고 언덕을 오를 것인가 이제 누가 저 불탄 자리에 씨를 뿌릴 것인가 그런 이유로 이집트에서는 아이가 울음을 그치지 않으면 차라리 양귀비의 즙을 내어 먹였다 또한 그런 이유로 비려족은 마지막 전쟁 때 자신들이 저지른 죄를 자작나무 껍데기에 새겨 넣었다 그래서 미풍에도 미모사는 소엽을 움츠리고 헛개나무는 가시를 다듬는다 아무리 두려움에 단련된 자라 하더라도 제 그림자를 잘라 낼 수는 없는 법 나미비아에 사는 힘바족은 영혼을 지키기 위해 죽을 때까지 온몸에 붉은 흙을 덧바른다 나미비아는 원래 아무것도 없는 곳이라는 뜻이다 그곳엔 오로지 붉은 나무만 있다 주목나무는 죽어서 천 년 다시 죽어서 천 년을 산다 태초부터 모든 미래는 이미 죽은 나무의 몫이다 속이 텅 빈 팽나무에 고인 물은 더없이 맑지만 귀신의 것, 그나마 올해엔 눈향나무마저 말라 죽어 간다

저개발의 기억

　　이제 난 익숙해져야 한다네 내가 버린 거리의 우울과 그 신
비의 相避 옆집엔 더 이상 엘리스가 살지 않지 무엇이 문제겠
어 줄사철나무엔 사시사철 눈이 내리는데 그러나 작년에 내
린 눈은 지금 어디에 키릴문자처럼 날개를 접는 새들 중도좌
파처럼 흘러간 기념일과 추모일들 손가락 걸며 기약한 날 내
겐 없건만 새삼 잊지 못할 빗속의 여인 지난 칠 년 동안 내가
간신히 확인한 사실이라곤 사랑할 사람이 전혀 남지 않았다
는 것뿐 애시당초 부정당할 운명이란 운명이 아니지 지금도
열심히 죽어 가는 싱싱한 시체들 내가 증명할 수 있는 진리라
곤 저 계절들과 계절들 속의 꽃과 그 꽃의 견고한 無心 자기
스스로 아무 스스럼없이 살아가는 이 세계의 뻔뻔한 냉정과
열정 사이에 잠복한 잘 삭은 경멸 익숙해져야 하는데 오늘은
삼 년 만에 윤초를 더하는 날 지구가 할양해 준 시간 속에마
저 도사린 불가항력의 기억들 난 정말이지 익숙해져야만 하
는데 굴렁쇠를 굴리던 엘리스가 사라져 간 길 끝 가파르게
쏟아지는 진녹색의 내일과 아직 다가오지 않은 어제, 어제들

새는 페루에 가서 죽는다

나무는 저마다 심장 하나씩을 감추고 있다

어떤 새는 나무의 심장을 본떠 둥지를 짓는다

비를 맞고 서 있는 저 나무는 이미 죽은 미루나무

일 년 내내 입춘이 지나가고 있다

달콤한 인생

비가 내린다 스물일곱 시간째다 비를 두려워하지 않는 사람은 돌아갈 곳이 있거나 이미 죽은 자다 넉 달째 흰 꽃과 마주칠 적마다 그곳이 어디든 수치스러워진다 사십육 년째 아버지는 새벽부터 공들여 기타를 친다 눙 이씰랑 까 사 문동이또 라낑 뚜와 낭 마굴랑 모 니미 진실과 거짓을 구분할 수 없을 만큼 절실하다면 욕설도 아름답다 열이틀이 지났고 개기일식이 있었고 하얀 나비를 보았고 떼어먹은 술값을 계산했다 열세 번째다 단 한 번 단 한 번만이라도 나를 사랑했다면 내 거기까지 사랑해 다오 벌써 백 년도 더 된 일이다 난 오로지 죽어 가는 비명에 지나지 않는다 팔 년째 눈물이 나지 않는다 대신 베란다에 나갈 때마다 두 주먹을 움켜쥐곤 한다 칠 년 전 헤어진 애인과 닭갈비를 먹고 맹물을 네 컵 마시는 내내 무명전사를 낮게 읊조렸다 가야만 한다 가야만 한다 사람들은 미룰 수 있는 것은 끝까지 미룬다 오십육억 칠천만 년째다 나를 먹고 나를 싸고 나를 부정하다 칭얼대는 나를 달랜다 십구 년 전 부산대엔 폭우가 내렸고 분신한 대학생들과 아직 분신하지 않은 대학생들이 한데 엉켜 있었다 이 년이 흘렀다 하루에 한 가지씩 병명을 외우기 시작했다 십육 년째 여수행 열차엔 지키지 못한 약속이 두 눈을 부릅뜨고 있다 나흘 전부터 머리에 불을 인 여자가 발가벗은 채 이마트 앞에

서 춤추는 중이다 삼십칠 년째다 환상 속엔 아직 그대가 있
다 모든 것이 이제 다 무너지고 있어도 열세 달이 척척 지나
갔다 어쨌든 착한 사람이 되어야겠다고 다짐한다 삼십이 일
째다 피가 날 때마다 이빨을 닦고 모처럼 내가 자랑스러워진
다 팔 일 전까지 난 어느 곳 하나 다치지 않았더랬다 육 년이
지났다 길을 가다 문득 뒤를 돌아본 후부터 숫자를 헤아리
는 버릇이 생겼다 서른여섯 시간째 비는 내리고 아무런 걱정
없이 잠이 오지 않는다

저녁이면 저녁이

저녁이 오고 있다 그날 저녁이 그날 전날처럼 그날 다음 날
처럼 온다 오고 있다 어김없이 무엇인가 이 저녁은 저녁이란
이렇게도 오는구나 느끼기도 전에 하루가 지나자 저녁이 오
고 있다 무자비하게 아 아 어이없게도 나는 저녁을 먹으러 가
는 중이다 이 저녁에 저녁으로 무얼 먹을까 아니 혼자 먹어야
하나 조금 걱정하면서 저녁 속에서 그날 이후 온통 그날 저녁
이 되어 버린 모든 저녁들 속을 지나 저녁을 먹으러 가고 있
다 울어야 하나 웃어야 하나 겸연쩍어지는 저녁 도대체 내가
무슨 짓을 저질렀나 무슨 짓을 저지르기라도 했단 말인가 너
와 나 갸우뚱거릴 때 통째로 사라진 저녁 그날 저녁이 오고
난 뒤 그 전날처럼 그다음 날처럼 금방 왔던 저녁이 사라지듯
사라진 저녁과 저녁들 아무리 생각해 봐도 볼따구니에 바람
만 불게 되는 저녁 친구야 죽었니 살았니 무슨 반찬 먹고 있
니 그날 저녁 이후 궁금해지는 生死들 이런 기분 분명 처음
은 아닌데 새록새록 처음이 되어 가는 저녁 그날 저녁은 비극
인가 소극인가 무엇인가 그날 저녁으로 끝나지 않는 그날 저
녁 저녁들 사이로 와서 당당하게 우리의 저녁이 된 그날 저녁
너무나 민주적이어서 철저하게 평화로워서 거룩해지는가 고
요해지는가 믿을 수 없는가 그날 저녁은 잊고 잘도 자야 하나
오늘도 내일도 아무 일 없겠지만 이 흔들리는 저녁에 담긴 그

날 저녁은 정녕 무엇인가 그 많던 저녁들은 다 어디로 사라지
고 그날 저녁만 남아 저녁이 되었는가 저녁이면 저녁처럼 그
날 저녁만 뉴스에 나오고 입안 가득 할 말은 많은데 우린 그
저 우두커니 말이 없어지는가 저녁처럼 저녁이면 온다 지금
도 오고 있다 저녁이 아닌 저녁이 저녁처럼 다시 그날 저녁이

密書

　모든 이별이 그렇듯 모든 기억은 언제나 처음이지 그해 가을 그리고 그 다음다음 봄과 또 다른 오월 모항에 다다를 수 없었던 이유 따윈 결코 없었지 거짓으로 가득 찬 입 십육 년을 함께 산 개가 여전히 꼬리치는 이른 오후 형체 없는 이 戀心 오늘은 홍대 클럽에서 흥노의 소녀를 만나기로 약속한 날 아스팔트 위를 훑고 지나가던 길고 날카로운 혀 사랑 때문에 죽을 수도 있다고 말하는 자는 아직 살아 있는 자에 지나지 않지 난 아직도 애인의 입에서 최루탄 냄새를 맡곤 해 그날은 결코 시작되지 않았을 거야 너는 왜 채식주의자처럼 분개하게 되었을까 더러운 물일수록 기포가 많아지듯 배신을 맛본 자의 얼굴은 지나치게 쾌활해지지 항라치마를 펄럭이며 그녀가 마지막 남긴 말 내 맘에 내 몸에 봄 오면 동묘 입구에 여전히 내걸린 잡인 금지라는 팻말 질량에 따라 달라지는 별의 색깔 街鬪에 나가기 전 불태운 건 시간과 장소가 적힌 종이가 아니라 그 시간과 장소였더랬지 금순아 오늘은 눈보라가 장난이 아니구나 도대체 넌 어디로 내뺐니 돌아오지 않는 아들과 누이와 엄마와 남편 그리고 그러니까 미안하다 미안해 자꾸 미안하다 자꾸 미안해하면서도 난 끈덕지게도 잘 산다 단정코 너를 옳다 하지 아니하겠고 죽기 전에는 나의 순전함을 버리지 않을 것이니 밤이 깊어 별이 하나 머리 위에 빛나거든

엘리 엘리 라마사막다니 잘못 달려온 촉륜열차의 側足들처럼
한국어로 기록된 적 없는 이 모든 죄의 시원 한겨울에도 천
개의 붉은 성기로 이 세계를 샅샅이 애무하는 단풍나무와 그
단풍나무 아래 離散된 시간의 늑골들

검은 기억 위의 검은 기억

당신은 모르실 거야 소철 대신 허브를 기르기 시작한 당신 당신을 얼마나 사랑했는지 모든 죄악은 낙서처럼 시작됐지 오늘은 첫눈처럼 또 눈이 내려 눈이 내리면 내릴수록 쪼그라 드는 성기 난 이제 내가 순결에 대해 말해도 신경 쓰지 않아 차라리 당신과 섹스나 할 걸 그랬어 혁대를 끄를 때마다 당신 은 말했지 소리 질러 yo yo yo 제 죽음에 대해 인정할 기회 를 놓쳐 버린 자만이 제대로 죽을 수 있는 법 너무나 해맑아 져 버린 당신 성북역 앞 간이 의자에 앉아 이 세계가 다 저물 도록 묵주신공을 올리는 당신 당신의 신념은 미농지보다 부 드럽고 질기지 난 그런 당신의 총명함이 좋아 당신을 단 한 번만이라도 거룩하게 핥고 싶어 당신의 내장 깊숙이 내 혀를 집어넣을래 두려워하지 마 아무 일도 없을 테니 내년엔 기필 코 봄이 올 거니까 제 손금을 바라보며 이빨을 갈아 본 자는 알 거야 자살할 시간은 넘치도록 많다는 걸 언제로 돌아가야 하나 내 죄가 시작된 곳은 어디일까 내가 빠져나온 구멍들에 선 매번 누룩내가 나곤 했지 괜찮아 맨 처음 구멍도 그랬으 니까 왜 그렇게 심각해진 거야 난 당신을 버리지 않아 당신이 나를 증명해 줄 수 있든 없든 마음이 서글플 때나 초라해 보 일 때에는 주저하지 말고 꾹꾹 눌러 줘 나 거기 서 있을게 난 당신의 하나뿐인 아들이니까 당신의 하나뿐인 아버지니까 매일 밤마다 한 움큼씩 털이 빠지기 시작한 당신 나를 더 이상 기억하지 못하는 당신 그런 당신을 기억할래 필사적으로 바닥에 이르른 시간들 비로소 칠요성이 가장 아름답게 보이기 시작하는데 모르실 거야 모를 거야 죽어도 죽지 않는 당신 당신을 가까스로 깨닫기 시작한 나는

제2부

Easy Rider

나는 ……의 이지 라이더 …… 위를 내달리지 ……을 파먹고 ……을 골라 먹고 ……을 후벼 먹지 나는 …… 없인 못 살아 ……이 없는 난 시체지 아니 내가 없는 ……이 시첸가? 여하튼 아무 ……에나 올라타지 올라타서 ……의 등골을 빼먹지 난 일찍이 두 번째 애인에겐 침을 뱉었고 일곱 번째 애인은 두들겨 팼더랬지 첫사랑이 없으니 그 순서는 아무래도 좋아 나는 다만 ……하지 ……의 이지 라이더니까 …… 위를 내달리다 보면 누구든 다 만나지 첫 짝꿍도 만나고 태권브이도 만나고 함께 본드 불던 동무도 만나지 이름이 생각나지 않을 그 씹새끼도 난 …… 속에서는 나도 믿을 수 없을 만큼 인자해지지 너무나 인자해 누구를 만나든지 이젠 아무렇지도 않아 그래서 내 ……은 비정치적이고 그래서 내 ……은 숭고하지 너무나 숭고해서 밤하늘에 빛나는 저 별들보다 더 총총하지 총총할 뿐더러 남십자성과 안드로메다 성운 사이를 환장할 속도로 슝슝 건너뛰지 잠을 자다가도 강아지와 산책을 하다가도 저녁을 먹다가도 맞고를 치다가도 불현듯 나는 ……하지 내 ……에는 시제가 따로 없지 과거진행형이다가도 미래형으로 바뀌고 현재형과 과거완료형이 뒤섞이기도 하지 그래서 내 ……하기는 그냥 ……이지 난 ……의 이지 라이더니까 내 ……하기엔 대상이 없어도 상관없지 처음부터 그랬지 태어날 때부터 아니 태어나기 전부터 내가 아무것도 아닐 때부터 아무것이어도 아무 상관이 없을 때부터 그건 그랬지 뭐가 문제겠어 ……이 바로 난데 내 ……은 순수하게 선하거나 순수하게 악하지 오로지 순수 그 자체지 그래서 내 ……은 한글로는 도저히 표현 불가능하지 히라가나도 아랍어도 슬라브어도 마찬가지지 혹 쐐기문자나 갑골문이라면 모를까 고대 마야에선 ……을 푸른 옥수수 알이 열리는 시간이라 일렀고 중국화족들은 불꽃으로 만들어진 만다라라 생각했고 바이킹들은 쓸데없는 짓거리라 여겼고 마사이의 족장들은 그믐달을 가리키는 왼손으로만 잡을 수 있다고 말했다지 난 지금 시에 대해 쓰고 있는 게 아냐 겨우 시 따위에 대해 시를 쓰는 시인은 장담컨대 바보거나 타락한 놈이지 하물며 인생이니 사랑이니 조국이니 섹스니 실존이니 영원이겠어 그럼 뭐겠니 도대체 뭣 때문에 난 ……의 이지 라이더가 된 걸까 왜 ……의 이지 라이더가 될 수밖에 없었을까 앞으로 ……의 이지 라이더로서 어떻게 살아가야 할까 뭐 그런 게 중요하지 않겠어 혼신을 다해 ……해 봐 혼신을 다해 ……하다 보면 ……이 나고 내가 ……이란 걸 ……하게 될 거야 그렇다고 …… 때문에 인생을 바칠 필요는 없어 인생이 ……이었고 ……이고 ……일 것이니 동해물이 마르고 백두산이 닳도록 ……, ……해 봐

Still Life

　　새벽 두 시 자다 일어나 소주나 한 잔 마시고 손톱 깎고 손톱 깎다 소주나 한 잔 마시고 발톱 깎고 바람이 부니 흥얼흥얼 흥얼거리다 창밖이나 보고 소주나 한 잔 마시고 시계나 보고 시계도 안녕 나도 안녕 소주나 한 잔 마시고 거울 보고 당신은 당신을 증명하기 위해 피를 흘렸죠 침이나 주룩주룩 흘리면서 소주나 한 잔 마시고 수염 깎고 수염 깎다가 그만두고 소주나 한 잔 마시고 왜 이럴 땐 비가 내리지 않을까 몇 잔을 마셨을까 헤아려 보고 금방 헷갈리고 정신 차리자 커피 물 얹어 놓고 커피가 없으니 관두고 소주나 한 잔 마시고 민주주의에 대해 생각해 보고 식민지반봉건제 사회와 주변부자본주의론을 더듬다 내 나이를 꼽아 보고 언젠간 가겠지 가겠지 싶었던 청춘이 다 갔구나 간다고 하지 마오 날 두고 간다면 마음이 아프다오 노래 참 싱겁다 싱거운 진실은 눈물겹고 눈물은 언제나 겹겹이고 싱겁게 소주나 한 잔 마시고 왜 잠이 오지 않을까 아니 왜 잠에서 깼을까 이빨이나 한번 뽀드득 갈아 보고 이빨을 갈아 보니 누군가를 죽일 수도 있겠다 싶고 동그라미 그리려다 무심코 그으리인 어얼구울 나도 누군가를 설레게 한 적이 있었던가 소주나 한 잔 마시고 비 오던 유월 저녁 두부국수를 나눠 먹었던 사람 지금은 어디에서 무얼 할까 두부국수나 먹겠지 뭐 두부도 국수도 없으니 내 살이나 한 근 베어 삶을까 소주나 한 잔 마시고 정말 구름 위에 앉아 바다를 이야기하게 될까 베란다에 나가 보니 정말정말 검푸른 바다가 보이고 소리나 한번 질러 보고 다행이다 아무도 욕하지 않으니 다행이다 싶어 소주나 한 잔 마시고 대체 왜 잠이 오지 않는 걸까 대체 왜 I just want you to know who I am 여호와든 부처든 1402호 아줌마든 누구든 좋으니 날 좀 시험에 들게 해 주소서 제발 기도하다 소주나 한 잔 마시고 소주가 없으니 허공이나 한 잔 퍼마시고 수돗물이나 한 잔 받아 마시고 소주 한 잔이 이렇게까지 절박해질 줄이야 소주나 허공이나 수돗물이나 그게 그거고 아니다 그렇지 않다 소주나 허공이나 수돗물이나 혁명이나 그게 그거고 아니다 그렇지 않다 한 잔 또 한 잔을 마셔도 그게 그거고 아니다 그럴 수도 있겠다 아니다 그렇지 않아야 한다 잠은 오지 않고 자나 자지 않으나 짐승처럼 도사리고 있는, 아, 아, 저…… 저…… 짐승처럼 도사리고 있는

旣往歷

아직 저녁은 오지 않았다 역병에 걸리지 않은 친구는 아
직 소식이 없다 나뭇가지도 바람도 흔들리지 않는다 스스로
집을 나간 페르시안 친칠라의 눈동자는 석 달이 지나도록 썩
지 않을 것이다 떠오르지 않는다 십 년 전에 미워했던 사람이
누구였는지 두 달 전에도 나흘 전에도 그랬듯 누구와도 말을
할 수가 없다 책 사이에 끼워 두었던 미루나무 잎사귀는 아
직까지 아무것도 증명하지 않고 있다 알지 못하는 것을 어찌
인내할 것인가 손금은 매번 다른 길을 가리킨다 나는 아직 불
타지도 죽지도 않았다 이제 나는 나를 상상할 수가 없다 오
늘은 결코 미감수에 빠진 중국무당벌레를 건져 내지 못할 것
이다 불신지옥을 외치는 남자에게 여기가 어디냐고 묻지 않
았다 아직 해당화는 피지 않았고 맥문동은 제 그늘 속에서
말이 없다 애인이 사라진 뒤부터 쉰이 넘은 이모는 뜨개질을
멈췄다 유서를 미처 쓰지 못한 사람과 찢어 버린 사람을 만
날 용기는 차마 없었다 길 건너 빌딩엔 예배당과 안마시술소
와 영재학원과 빵집과 트랜스젠더 바와 문구점과 곱창구이
집과 김밥집과 부동산중개소가 있지만 아직 길을 건너지 못
했다 룬문자로도 내 죄를 다 적을 수는 없을 것이다 그 어디
에도 황사의 정확한 기원은 기록되어 있지 않았다 낙타는 새
김질은 하지만 굽이 갈라지지 않은 동물이기에 먹어서는 안

된다 벽장 속 사진들을 아직 처분하지 못했다 외사촌 동생이 나를 조롱하는 동안 해삼위엔 비가 내리지 않았다 누구도 내게 자서전을 쓰라고 권한 적이 없다 십칠 년이 넘도록 체포되지 않은 선배에게 결코 용서를 빌지 못할 것이다 개망초가 소나기에 꺾이는 중이다 국가는 주술사가 구걸하는 것을 애써 부인하지 않았다 재작년 여름 만졌던 무당버섯의 냄새가 가시지 않는다 예언은 이루어지지 않았고 신념은 처음부터 없었다 하루가 다 가도록 술을 마시지 못했다 내가 아는 사람들은 서로를 모른 척한다 아직 저녁도 아침도 오지 않았는데 낙상한 개개비 새끼를 가시개미들이 단란하게 끌고 간다

진화하는 감정

오늘은 월요일이고 오늘은 비 내리는 월요일이고 모처럼 비 내리는 월요일 공터 계단참에 앉아 아무런 생각 없이 바라만 보고 있지 그저 개망초 꽃이 피었더랬구나 아무런 약속도 없이 오늘은 월요일이고 비 내리는 월요일의 한가운데 앉아 오늘 중에 착해질 수 있으려나 오늘은 언제 끝나려나 대책 없이 비 내리는 월요일 그저 눈치만 보고 있지 세상은 언제부터 내게 악의를 품어 왔던 걸까 속수무책 비 내리는 월요일 오늘은 월요일이고 아까부터 비는 내리는데 오늘은 왜 비 내리는 월요일이 되었을까 월요일에 내리는 비는 화요일에 내리는 비와 아주 조금 다르고 금요일에 내리는 비와도 조금 다르지만 오늘 내리는 비는 등비수열처럼 무럭무럭 자라나고 자라나 무럭무럭 자라나는 월요일 자꾸자꾸 자라나 월요일이 화요일이 되고 지난 수요일이 되고 지지난해가 되고 십 년 뒤가 되고 까마득해지고 조금씩 사라지는 감정들 아득해진 월요일이 저 빗속으로 투덕투덕 걸어가고 있는데 속만 태우고 있지 월요일은 아무런 사심 없이 비가 되고 비 내리는 오늘이 되고 오늘은 월요일이 되고 그저 오늘은 비 내리는 월요일인데 누구인가 당신은 이 빗속에 서 있는 당신은 악마인가 영혼인가 우리 언제까지 비 내리는 월요일을 살아가야 하나 개망초 꽃은 아직 피어나지 않았는데 공터는 빗속으로 사라진 지 오래인데 마음만 흠뻑 젖어 가네 오늘은 월요일이고 오늘은 비 내리는 월요일인데 비 내리는 공터 계단참에 앉아 아무런 생각 없이 바라만 보고 있지 시린 이빨 감추고 빙글빙글 오늘은 월요일이고 비 내리는 월요일이고

자꾸 걸어 나가면

녹나무엔 이미 저문 칠월의 바람이 불고 나는 내 방문을 열고 나간다 여자와 처음 자고 난 새벽 누군가를 정말 사랑하게 된다면 행복하게 해 주리라 결심했었다 목표가 분명해지면 타락하기 마련이다 이 세상의 모든 꽃들이 그렇게 피듯 나는 내 방문을 열고 나간다 일 년 전에도 그랬고 칠 년 전에도 그랬듯 크래커와 캔 맥주와 담배를 사러 가는 길 너무나 사랑했기에 숨길 수밖에 없었던 禁書들 기억난다 자꾸자꾸 비디오 대여점 대신 문구점이 들어서고 서점 대신 노래방이 이비인후과 대신 세탁소가 들어선 거리 일 년 전과 칠 년 전 혹은 이 년 전과 어느 늦은 봄날 사이를 걸어간다 눈부신 햇살이 비쳐 주어도 무슨 소용 있겠어요 갈갈이 찢긴 세월들 나는 자꾸자꾸 걸어 나간다 아무리 지나간 시간들을 거듭제곱한다 한들 돌아오는 것은 매번 C'est la vie 진리는 상투적이어서 불편하다 절뚝절뚝거리면서도 나는 상습적으로 걸어 나간다 길을 건너는 건 그리 어려운 일이 아니다 다만 간절히 원하면 자기 자신을 잊게 될 뿐 꾸덕꾸덕 피어나는 기억들 자꾸자꾸 걸어 나가면 태백산이 나오고 동해가 나오고 후지산이 나오고 태평양이, 태평양처럼 출렁이던 광주 대인동 골목길 잘못 던진 꽃병을 물끄러미 바라보던 중년의 회사원은 나를 향해 엄지손가락을 치켜들었지 어쩌란 말인가 바다 건너 안데스 산맥엔 죽을 때까지 시간을 베껴야 하는 필경사들이 산다는데 자꾸자꾸 하하하 자꾸자꾸 걸어 나가면 정말 정말 이 세상을 다 건널 수 있을까 아직 완성하지 못한 반성들 내 방문을 열고 나간 바람은 칠월이 저물도록 녹나무 곁을 떠나지 못하고

양생법

정전이 되자 하나둘씩 사라지기 시작한다 냉장고는 음식물에 관해 급격히 무심해지고 이내 자기 자신을 잊는다 세탁기는 묵은 빨랫감들과 서로 멀뚱하니 쳐다보다 피곤한 하마처럼 입을 닫는다 달력 속의 숫자들은 주루룩 종적을 감추고 애인이 남기고 간 머리카락은 실뱀처럼 꼬리를 찰랑거리며 달아난다 책장 속 책들은 책장 속으로 더 깊숙이 꽁꽁 숨고 싱크대 위 그릇들은 한데 엉켜 봉긋봉긋한 무덤 속으로 들어간다 액자의 금박 테두리는 액자 속 가족사진과 금세 결별을 선언하고 가족사진 속 가족들은 뿔뿔이 흩어진다 액자를 걸어 둔 못만 저 홀로 빛난다 거실과 베란다 사이를 나누던 형광등 불빛이 사라지자 유리는 대리석처럼 완강하게 버티고 선다 베란다에 오랫동안 웅크리고 있던 어둠은 부르르 몸을 털고 일어나 어둠 속으로 사라진다 토크쇼와 계약을 파기한 텔레비전은 더 이상 아무 말도 하지 않다가 검고 딱딱한 케이스를 떠난다 떠나 버린다 결연히 모두들 정전이 되자마자 이 순간만을 노리고 있었다는 듯 서둘러 저 자신과 헤어진다 지겨웠던 걸까 모두들 창밖에 매달려 내리는 눈만 바라본다 눈은 아스팔트에 닿기도 전에 미련 없이 사라진다 길 건너 509동에서도 대림빌딩에서도 책상과 장롱과 전축과 벽걸이용 시계와 어항과 거울과 다리미와 청소기와 전기밥통이 저 자신

과 헤어진 화분처럼 헤어진다 순간 지구가 기우뚱한다 고비
사막은 고비사막과 헤어져 지구에서 탈출한다 마리아나 해
구는 다음 장주기혜성이 돌아올 때까지 태평양을 떠나기로
결심한다 베수비오는 아직 휴지기다 세인트 폴 대성당은 언
제나 그랬듯 피정 중이고 하노기 데비 사원은 히말라야를 넘
어 자신의 후생들과도 연을 끊는다 결승문자는 스스로 매듭
을 풀고 맥망은 골똘히 먹어 치웠던 글자들을 토해 낸다 돌
궐의 문자가 떠난 오르혼 비문은 제 몸에서 탱리를 슥삭슥삭
긁어내고 사해사본과 이별한 헤브라이어는 나이로비의 외진
우물 속으로 몸을 숨긴다 기다렸다는 듯 정전이 되자마자 미
립자는 질량과 헤어지고 우주는 암흑물질과 암흑에너지마저
떠나보내고 저 자신의 침묵과도 헤어진다 정전이 되자 모두
들 그 무엇도 하지 않았고 남기지 않았다 목숨을 걸고 고백
했는데 살아 있다 나는

　끝장났다

芒種이고 亡終이고 亡種인

여름이 오고 만 십육 년을 같이 살던 개가 늙어 죽었다 죽던 날 저녁에 그나마 남아 있던 송곳니 하나가 덩그라니 빠졌고 완두콩만 한 새까만 똥을 쌌다 냄새가 고약했다 그다음날 생일인 어머니는 아침 일찍 미역국을 끓여다 전해 주고 갔다 해장 삼아 그 미역국을 먹다가 송곳니가 불에 덴 듯 아파 치과에 갔더니 당장 신경 치료부터 해야 한다기에 선뜻 그러라고 했다 두 주 전의 일이다

오늘 점심은 장충동에 있는 진두부집에서 들깨탕순두부를 먹었다 벌써 나이 사십인데 아니 이제 겨우 사십인데 밥알도 흘리고 순두부도 주룩주룩 흘리면서 먹었다 치료 중인 송곳니에 염증이 심해서였는데 다행히 혼자였다 혼자여서 그랬다고 치자 옆 테이블에 앉은 젊은 여자의 올 나간 스타킹을 훔쳐보다가 그녀와 눈이 딱 마주쳤는데 그때도 순두부를 주루룩 흘리고 있었다

세계의 끝

저것은 새다 날아가는 새다 방금 전까지 나뭇가지에 앉아
있다 날아가는 새다 저것은 나뭇가지다 부스러지고 있는 나
뭇가지다 새가 앉았다 날아가자마자 부스러지고 있는 죽은
나뭇가지다 허공이다 저것은 죽은 나뭇가지들 사이로 스며들
고 있는 허공이다 허공 속을 새가 날고 있다

잎이 돋는다 죽은 산수유나무 가지마다 새가 내려앉는다

이곳을 떠날 수가 없다

우리 동네

　집집마다 넝쿨장미는 피고 저녁이 오는데 비명 소리 깻잎
은 여전히 푸르고 골목길 층계참에 쌓인 빈 병들은 종일 휘파
람을 불고 저녁이 오는데 무당벌레는 띄엄띄엄 진딧물을 잡
아먹는 중이고 살뜰한 저녁이 오고 있는데 먼촌 누나는 공단
치마에 흠뻑 빠져 내내 거울만 보고 옆집 남자는 아내를 위
해 뜨개질을 배우러 간다며 휘파람을 불고 이제 누구를 믿어
야 하나 누구를 사랑할 수 있을까 비명 소리 저기 저녁이 오
고 있는데 도대체 비명 소리 아직 읽지 못한 책들과 아직 완
성하지 못한 문장들 너머 저녁이 오고 있는데 역전으로 몰려
간 아이들은 아직 돌아오지 않고 모처럼 다정해진 나머지 아
이들은 딱지를 접고 비명 소리 저녁이 오는데 서쪽의 구름은
도무지 해석할 수가 없고 땅거미는 지는데 속수무책 비명 소
리 고무 다라이에 담긴 부레옥잠은 시퍼래지고 엄마는 자꾸
이뻐지고 저녁이 오는데 비명 소리 전신줄 위를 빙빙 맴도는
고추잠자리들 고추마다 매달린 담배나방들 저녁이 오고 있
는데 아랫동네에 칼 갈러 갔던 칼장수가 신기료장수와 동네
초입 평상에 앉아 도란도란 막걸리 마시고 비명 소리 막걸리
상이 엎어지고 비명 소리 비명 소리 멱살 잡힌 대추나무가 부
르르 떨고 애타게 저녁이 오는데 비명 소리 저녁 짓는 집 하나
없고 비명 소리 비명 소리 비명 소리만 질질 끌려 저녁이 오

고 있는데 쓰레빠가 나뒹굴고 비명 소리 담벼락이 무너지고
담벼락 아래 소복이 자라던 달맞이꽃 채 피지도 못하고 뭉개
지고 저녁이 오고 있는데 비명 소리 중동 잘린 절지동물처럼
골목길은 꿈틀꿈틀거리고 비명 소리 비명 소리 돌계단이 통
째로 뜯겨 나가고 서까래가 내려앉고 자전거가 내던져지고 전
축이 부서지고 세숫대야가 구겨지고 그치지 않는 비명 소리
저녁이 오고 있는데 장독들이 깨지고 그림일기장이 너풀너풀
날아다니고 겨울 이불이 뜯겨지고 추리닝이 벗겨지고 런닝구
가 째지고 비명 소리가 틀어막히고 저녁이 오고 있는데 저기
저렇게 저녁이 오고 있는데 살 타는 냄새 살이 타는 소리 저
녁이 불타오르는 소리 비명 소리 비명 소리 비명 소리 저녁이
오고 있는데 저녁이 오고 있는데 저녁은 오지 않고 이제 영영
오지 않고 비명 소리 비명 소리 비명 소리만

쓴다

유충을 품은 서어나무의 경계심에 대해 파리에라와 칼라 바르콩과 피마자와 솔라놈 멜론게나의 순정에 대해 그리고 그리하여 모든 것을 눈치채 버린 어린 애인의 함박웃음에 대해 바로 그리하여 일식에 관한 여덟 가지 테제를 옮겨 적다가 뼛속을 드러낸 자전거처럼 한때 그 자전거가 지나다녔을 지구 위의 어느 골목길처럼 교미를 막 끝낸 암사마귀와 그 암사마귀가 한창 교미 중이던 오후에게는 좀 더 많은 위로가 필요하다고 그리하여 人皮로 만든 등받이 의자를 사랑한 사제에 대해 또박또박 폭력과 성스러움에 대해 신에게 속한 동물들에 대해 알 마문이 뚫어 놓은 대피라미드의 구멍에 대해 그러니까 그리하여 제기동역 4번 출구에 앉아 황기를 팔던 노파가 질겅질겅 씹던 껌의 점성에 대해 이제 막 세운 게르 앞에서 마두금을 탄주하던 처녀의 높고 느린 집착에 대해 恒河의 모래알을 세듯 한 문장 한 문장 쓸 때마다 경쾌하게 피어나는 무늬들 그러나 그리하여 저 산맥도 벌판도 굽이굽이 흘러 지금도 울리는 칼빈 총소리 캔서론의

해변이 불타고 있다 리오니스의
초원이 불타고 있다 스콜피아의
정글이 불타고 있다 토우론의

54

목장이 불타고 있다 파이콘의
항구가 불타고 있다 카프리카의
도시가 불타고 있다 아쿠아리아의
바다가 불타고 있다 리브란의
법원이 불타고 있다 버곤의
숲이 불타고 있다 마침내

龍山이
龍山의 大韓民國이
불타고 있다

점점 대뇌피질에서 균사가 자라난다 그리하여 아직도 나
를 너라고 부를 수 있겠니 먼촌 이모의 흰 발목에 돋던 소름
에 대해 느닷없는 그 비논리적인 瀆聖에 대해 명랑한 유리처
럼 그러니까 HD 포르노처럼 길가메쉬의 수메르어 판본과
아카드어 판본에 대해 유머의 정치경제학적 비판에 대해 언
젠가 동쪽으로 불어 갔던 바람처럼 비단거북이의 사라진 줄
무늬처럼 정성스럽게 그리하여 모태주와 새우청경채볶음과
철없는 이데올로기에 대해 차츰차츰 위중해지는 십팔 세기의
찻잔처럼 시어핀스키 삼각형에 대해 그 어느 개에게도 마음

을 준 적이 없다고 사순절의 질긴 침묵에 대해 단란한 목책들
처럼 늘어선 무한등비수열의 수렴 조건에 대해

　할 푼 리 모 사 흘 미 섬 사 진 애 묘 막 모호 준순 수유 순
식 탄지 찰나 육덕 허공 청정

　도무지 헤아릴 길 없는 극명에 대해,

　畢竟

忘記他

심심한 저녁 참으로 심심해서 깊어지는 저녁 사람들은 예의 바르게 길을 오가고 자동차도 시내버스도 오토바이도 순하게 아스팔트 위를 기어가는 저녁 참숯불구이집에서는 돼지와 한우와 버섯이 다정하게 익어 가고 무던한 눈빛으로 수조를 헤엄치는 광어와 우럭과 장어와 가물치들 지하철역 앞 나무 의자에 앉아 제 성기를 쪼물딱쪼물딱 주물럭대는 걸인의 유순한 저녁 유모차 속에서 연신 손가락질하는 아기와 순탄하게 유모차를 밀고 가는 남편과 이마트에서 나눠 준 선캡을 단단하게 눌러쓴 아내가 제각기 빙그레 웃는 저녁 忘記他 忘記他 從此永無盡期 지는 해를 마주 바라보며 사탕을 우물 거리는 노인과 그 노인의 우물거리는 입을 하염없이 쳐다보는 치와와 그리고 치와와의 똥구멍을 연신 핥아 대는 또 다른 치와와 참으로 사랑스러운 참으로 거침없는 비역의 저녁 그 개들을 참하게 바라보는 카페베네 아르바이트생의 찰랑거리는 머리카락들 忘記他 將一體平凡事 戀得美麗 戀得美麗 자꾸 자꾸 철렁철렁 미끄러지는 저녁 바람 그 바람 속으로 속수무책 사라지는 시간들 꼭 그만큼씩 맑아지는 저녁 재작년에 자살했다는 애인의 첫 소식처럼

추일서정

점심 먹고 그제처럼 술 먹으러 가는 길 단풍나무 아래 붉은 아직 붉디붉은 저것은 몰라요 난 정말 몰라요 가까이 오지 말아요 온통 핏덩어리 저것은 지금도 응결 중인 땅바닥에 납작 달라붙어 난 그런 거 몰라요 정말 몰라요 말 못 하는 말할 수 없는 저것은 술 먹으러 가야 할 길은 아직 한참 남았는데 사는 것도 투쟁이라던 말씀 붉게 타올랐던 그런 말씀 하지 말아요 무서워요 물기 없는 저것 붉게 바스라지고 있어요 가슴이 떨려 오네요 이런 사랑 처음이에요 아직 술을 먹지도 않았는데 얼굴이 뜨거워져요 발기하는 기억들 떨어져 얘기해요 저것은 봉기하는 서서히 스멀거리는 저것은 선 끊긴 점 조직 죽어 가면서도 기어가는 흡반들 몰라요 정말 몰라요 저것은 혀가 사라진 혀 혀일 뿐인 혀 혀가 아닌 혀 가만히 둘 수 없어 널 널 널 미안하지만 즐기는 거 다 알아 몰래 웃고 있는 걸 엄마가 화낼 거예요 온 마음으로 길바닥을 핥고 있는 저것은 몰라요 잘라 버린 잘라 내다 버린 내 입속 한가득 뭉클한 왠지 겁이 나네요 난 겨우 불혹인 걸요 몽근몽근 기억나기 시작하는 저것 점심 먹고 이젠 술을 먹어야 하는데 내 혀는 어디로 갔을까 어디에서 썩어 가고 있나 도대체 새들은 다 어디로 사라졌을까 도대체 저것은 그래 정말 난 아무것도 몰라요 혀를 찾아야 하는데 혀를 깨물고 다짐하던 그 혀들 점심 먹

고 술 먹으러 가는 길 그러나 그리하여 저것은 몰라요 난 정
말 모르겠어요, 저것은

우리들이 있었다

그 개가 온다 대낮에 온다 그 개는 순한가 순한 개가 온다 아무렇지도 않은 표정으로 그 개는 어디에서 오는가 어딘가에서 오는 개가 온다, 아무 일도 없었다는 듯 침을 흘리면서, 그 개는 주둥이가 없는가 주둥이가 없는 개가 침을 흘리면서 온다 절뚝이면서 뼈만 남은 순한 개가 온다 그 개는 뼈만 남았는가 절뚝이면서 오는가 덜그럭덜그럭 뼈만 남은 개가 순한 개가 절뚝이면서 온다, 날은 자꾸 더워지고 침을 흘리면서 있었다 그날 그곳에, 개 한 마리가 온다 순한 개가 온다 끈덕지게 온다 그 개는 끈덕진가 뼈만 남은 끈덕진 개가 온다 아무 일도 없었다는 듯 잊은 듯 온다 주둥이가 없는 개가 덜그럭덜그럭 온다 그 개는 잊었는가, 정말 잊었는가 우리들은, 잊은 것도 없이 잊은 듯 오는 개가 온다 끈덕지게 온다 그 개가

온다 오고 있다, 그날 그곳에 우리들이 있었다, 맞아 죽은

개가 오고 있다

제3부

浪人情歌

오늘 밤에도 꽃나무 하나 시든다 대책 없이

눈은 나리고

多情도 병인 양 눈물이 핑 도네요 정말로 아무렇지도 않게
양치질을 하고 커피를 끓이고 미리 발설된 임종게를 대하듯
재떨이를 비운다 극에 달한 생은 저도 모르게 스스로에게 무
심해지는 법 오랫동안 던져두었던 빨랫감들을 하나하나 정성
스럽게 옷걸이에 다시 거는 한밤 눈은

폭폭

나리는데 나타샤를 사랑은 하고 사랑은 했지만 당신은 다
시 길거리의 여자가 되었다며 씹다 만 껌처럼 웃었더랬지 도
란도란 네네츠족이 白魚를 구워 먹는 밤 죽음을 둘러싼 흰
뼈 같은 시간들 골란고원에 묻힌 무수한 노래들처럼 鳴……
鳴…… 鳴…… 鳴…… 눈은

풀풀 날리고

>

어떤 새든 제 슬픔의 부력을 감당하지 못하는 순간 귀소에
서 벗어난다 난 방금 전까지도 기적을 바라는 마음에 대해 함
부로 말하곤 했지 검고 투명한 薰陸香을 실어 나르던 약대의
마지막 숨결 오른쪽 빗장뼈와 왼쪽 빗장뼈 사이에 잠복한 전
생과 후생 간의 망막한 친화력 그처럼 그저 조금

마음이 시렸을 뿐인데

시들어 가는 꽃나무를 등지고 앉아 옛 애인의 恥丘를 더
듬는 한참

눈은 푹푹 쌓이고 날리고 조금씩 ⋯⋯

⋯⋯ 조금씩 낯설어지는 내 영혼들의 潮間帶

새의 날개에서 떨어진 한 방울의 이슬이 거미줄 그늘에서 잠자는 로잘린의 눈을 뜨게 한다

—浪人情歌 부기

하지 무렵 형부와 우수아이아로 떠난 애인이 보낸 엽서에는 短毛丸을 기르기 시작했다는 문장이 적혀 있었다 개는 사냥할 때 입이 깨끗해진다 그제는 버려진 손목시계와 함께 삼십 분 이상 햇볕을 쬐었다 천엽을 나눠 먹다가 친구는 난 나라고 넌 너라고 조곤조곤 이야기하다 뛰쳐나갔다 존 본햄은 여전히 드럼만 쳐 댔다 물가 나무 위 鳴禽이 노래할 때면 슬픔은 가끔 두려움이 된다 조금만 더 쳐 다오 시퍼렇게 날이 설 때까지 페아노 공리계는 지나치게 자연스럽다 어느 날 비누를 보고 먹먹해지듯 다시 누군가가 내게 사랑한다고 고백한다면 난 나를 용서할 수 없을 것이다 맨 위 서랍을 잠그면 아래 서랍들이 열리지 않던 책상 비극이든 희극이든 글자들은 왜 검은 색인가 인간은 유아기의 얼굴을 간직하는 쪽으로 진화했고 달은 애초부터 자전 주기와 공전 주기가 동일했다 오염된 시간들로 가득한 眼內閃光 당신은 내 안달 난 마음을 달래 주지 않았지 비로소 잊을 것도 버릴 것도 모두 사라진 세기 잠자는 하늘님이여 그 옛날 하늘빛처럼 조율 한번 부탁드립니다 장님거미는 4천만 년 만에 화석이 된 저 자신을 발견했다 도가니를 씹다가 문득 쳐다본 창밖엔 아무것도 없었

다 외삼촌은 歸命이라는 글자가 수놓아진 수건을 선물하고
는 곧장 안동으로 되돌아갔다 好花不常開 好景不常在 今宵
離別後 何日君再來 죽은 자와 살아남은 자와 떠난 자 사이
의 장력 유령해파리는 맹독성이지만 평생 헤엄칠 줄 모른다
요즘은 자꾸 죽는 꿈을 꾼다 폐소공포증에 시달리던 후배는
잊으라는 말만 되풀이했다 슈뢰딩거는 고양이를 사랑했을까
미워했을까 이틀째 대설주의보를 거듭 강조하는 마감 뉴스
말라 죽은 애기사과나무에 가만히 약지를 대 본다

차이나 블루

—浪人情歌 또 다른 부기

아무 일도 하지 않았는데

꽃이 핀다

아무 생각도 하지 않았는데 하루 종일

朗麗하게 꽃이 핀다

아무 일도 하지 않았는데 아무 생각도 하지 않았는데

저 멀리 우주의 일처럼

푸른 꽃 하나 핀다 하염없이 내내,

가만히 내게서 등을 돌린다

시작 메모
―浪人情歌

지난여름 조치원에서 내렸어야 했는데 신탄진에서 내린 적
이 있다 한번 뒤틀린 세월은 돌아올 줄 모른다 전리층의 전
자 밀도와 높이는 시간에 따라 달라진다 저녁 하늘에 남겨진
새의 주저흔들 어느 목숨에나 기생하는 적멸의 기원 이 세계
는 한 장의 紋紙에 지나지 않는다 골목길을 돌아설 때마다
여전히 뒤를 돌아보곤 하는 저녁 관성이 소멸한다면 의지도
사라질 것이다 말도 없이 떠났다가 羅城에서 어제 귀국한 친
구는 연애를 하고 싶다는 문자를 두 번 보내왔다 생을 두 번
살 수 있다면 이렇게 웃기지는 않았을 것이다 나는 매번 단
한 번만 거짓말을 한다 그래서 내 거짓말은 영원히 거짓이 되
었다 친구의 아내들은 날 경멸한다 누구에게든 매일매일이
속수무책이다 내가 지금껏 공들여 필경해 온 연대기는 매순
간 제목이 바뀐다 오늘은 자꾸 그립다 혹동고래가 노래를 부
르는 이유에 대해 설명할 수는 있지만 논증할 수는 없다 마
지막 여자는 늙어 가는 중이다 눈을 찔러서라도 눈물을 흘리
고 잠들어야 했던 날들 이젠 더 이상 내가 궁금하지 않다 자
전축이 겉돌 때까지 거울의 차고 단단한 위로를 탐욕스럽게
핥았다 개와 놀다가 세계 전도를 꼼꼼히 더듬어 보고 고백하
듯 욕을 하고 점심을 사 먹으러 나가는 오후 점점 평범해지는
참사들과 시무룩해지는 기억들 곳곳에 나부끼는 다정한 迷

妄과 痴毒 오랫동안 사귀었던 정든 내 머릿속의 목소리들 안녕 안녕 부디 바라옵건대 안녕 봄에도 겨울에도 해가 질 무렵에도 비둘기를 안은 아이같이 자고 일어나면 조금씩 죽어 있는 나를 지켜보는 일이 시들해진다 꽃 진 자리에 다시 피는 저 오래전에 진 꽃

제4부

끌림

거실에서 테레비를 보다가 안방 문을 열면 나이 어린 여자
가 살려 주셔요, 살려 주셔요, 라고 잠꼬대를 한다

라일락이 피려 하고 있다

크라잉게임

그녀의 발목에선 죄 없는 나무 냄새가 났다

난 매일 아침 그녀의 발목을 잘랐다 사랑한 바로 그 순간부터, 사랑했으니까, 그녀는 수줍게 발목을 내밀었고 난 그녀의 발목에 입 맞춘 뒤 신중하게 자르고 모았다 그녀의 발목으로 기둥을 세우고 창틀을 만들고 지붕을 얹었다 또한 그녀의 발목으로 그늘 한 점 없는 정원을 꾸미고 그녀의 발목을 심었다 발목에 심은 발목에 발목이 열리리라

기대와 흥분 속에 그녀와 나는 너무 기뻐 때론 너무 울곤 했다 그럴 때마다 발목이 잘려 가벼워진 그녀와 나는 간절히 기도했다 우리가 우리에게 잘못한 사람을 용서하여 준 것처럼 우리 죄를 용서하여 주시옵고 우리를 시험에 빠지지 않게 하시옵고 그녀와 나는 자꾸

아름다워졌다 더 이상 아름다워질 수 없을 만큼 그녀와 나는 그녀의 발목을 자르는 일에 혼신을 다했다 그녀의 발목으로 만든 책상과 의자에 앉아 그녀의 발목을 저미고 얇게 펴 말려 그녀의 발바닥을 하나하나 탁본하곤 했다 저녁이면 세상을 한 번도 걸어 본 적 없는 발자국들을 하늘로 날려 보냈

다 저벅저벅 지는 해를 따라 그녀의 발목이 노을을 딛고 사라지는 소리를 들으며 하루를 떠나보냈다 모든 게 순조로웠다 매일매일

　자라나는 그녀의 발목 매일매일 늘어 가는 발목의 세간들 매일매일 쌓여 가는 발목 하나에

　추억과 발목 하나에
　사랑과 발목 하나에
　쓸쓸함과 발목 하나에
　동경과 발목 하나에
　시와 그리고 발목 하나에
　발목 잘린
　그녀의 시체들

　곁으로 한 달이 흐르고 일 년이 지나고 백 년이 저물었다 아니 얼마나 오랜 시간이 지났는지는 그녀도 나도 모른다 다만 그녀의 앳된 발목을 자르기 시작했던 우주의 여름이 다시 돌아오고 있다는 건 여러모로 확실하다 그만큼 우린 늙어 버렸다 그러나

>

그녀의 발목에선 아직도 죄 없는 나무 냄새가 난다 그 냄새가 내 몸을 깨운다 언제 죽었는지도 기억나지 않는 내 팔과 다리는 톱과 끌과 망치와 대패가 된 지 오래 늙은 그녀가 무럭무럭 자라난 발목을 숫처녀처럼 내밀 때마다 내 이마에는 녹슬지 않는 못이 부끄러움 없이 돋아난다 진실은 중요하지 않아 희생만이 널 구원할 뿐, 서둘러야 한다 아침이 가기 전에

죄 없는 발목들을 잘라야만 한다

龍門食堂

여자가 꽁꽁 언 중국산 닭발 뭉치를 식칼로 내려친다

죽어서도 떨어지지 않으려는 닭발들과 죽을힘을 다해 닭발들을 떼어 놓으려는 여자

가을 황사 속에 코스모스가 흔들린다 후생에라도 다녀오듯

손님들 소주잔마다 서비스로 活命水를 첨잔하는 여자의 손이

푸드득 떨린다

순례자

줄딱정벌레 한 마리 눈잣나무 이파리 끝을 꼭 붙들고 말
라 죽어 있다

모든 것이 부질없다고 중얼거리던 저녁들이 또 한차례 피
어난다

芒角

면과 면이 만나는 곳 면과 면이 만나 조금씩 저무는 곳 어
둑어둑 이운 손금과 또 다른 손금이 서로를 알아볼 때 마침
내 사라지는, 틈 없는 틈

지평선 쪽으로 자꾸 새들이 사라지는 까닭

날갯짓 소리도 울음소리도 하나 없이 소멸하는 한량없는
모서리, 모서리마다를 간신히 꿰매고 있는

나, 무, 나, 무, 나, 무, 나, 무, 나, 무, 나, 무,

염불 소리처럼 서녘을 지키고 선 뼈만 남은 나무들

한낮이나 한밤이나 밥을 먹다가도 얼굴을 씻다가도 아무
때라도 서녘을 향해 벌벌 떨면서 머리를 조아리는 이유

아직 내가 그럴 수밖에 없는 사정

가닿을 수 없는 곳

\>

언젠가는 만나러 가야 할

필멸의 자락

Maria Elena

　비 내리는 십이월의 오후 죽은 친구를 떠올리면 가끔 식욕이 일 듯 아니 문득 성욕이 일 듯 비 내리는 십이월의 오후 진실은 그렇게 다가오고 난감하게도 그렇게 비는 내리고 캐롤을 부르던 아이들은 다 어디로 갔을까 푸른 피리 소리처럼 비 내리는 오후 라면이나 소중하게 끓이고 끓이는 너무나도 능숙하게 낯선 십이월의 내 방 비 내리던 이 세상의 모든 날들보다 오래전부터 비 내리는 오후 오로지 읽기 위해 펼쳐 둔 朝鮮南勞黨史 그 갈피마다 스멀스멀 기어 나온 문장들이 다정하게 속삭이는 오후 전화벨은 자꾸 울리고 더욱 완강하게 집결하는 고요들 안방과 거실과 욕실과 베란다와 스물네 개의 벽과 벽마다 데굴데굴 굴러다니는 먼지 뭉치들 함부로 폐기된 쐐기문자처럼 비는 내리고 시작된 것도 완성된 것도 하나 없는 십이월의 뒤늦은 오후 살아온 모든 시간들이 나와는 무관하게 흘러내리는, 어느 두렵고 친근한

붉은 열매가 맺혔다

비 내리고 먼나무 한 그루 이른 봄비 사이를 서성인다

지금 내 방 창문을 두드리는 여자는 작년에 죽은 애인

비린내가, 비린내가 나기 시작한다

먼나무 한 그루 밤새 붉은 비 사이를 서성인다

群山

군산이 슬프다
군산은 슬퍼지려 한다
지금 군산은 11시 2분

군산엔 슬픈 철길이 있다 슬픈
철길을 따라 적산가옥들이
무너져 가는 중이다

아무도 묻지 않는다 군산은
왜 슬픈가 언제부터 슬퍼졌는가

천천히 술을 마신다
슬픔이란 그런 것이다

당신은 언제부터 슬펐는가 왜 슬퍼졌는가
군산행 열차를 타고 가는 당신은
아직 모른다

지금은 11시 38분
당신은 아직 군산에 도착하지 않았지만

군산은 슬프다
군산과 함께 이미 슬프다

당신은 이미 군산이다

당신에겐 슬픈 철길이 놓여 있고 무너져 가는 중이다

盡心

몰랐어요 미처 몰랐어요 사랑이란 유리 같은 걸 사랑은 미끄럽다는 걸 비 오는 저녁 강 건너 당신 당신을 만나러 갈까 말까 망설이는 동안 강 위를 일렁이며 미끄러지는 미루나무 그림자 나 대신 당신을 만나러 가는 미루나무의 저 길고 끈덕진 집착 몰랐어요 예전엔 미처 몰랐어요 정말이지 어떻게 알 수 있었겠어요 미루나무 그림자를 향해 빠이빠이 당신도 빠이빠이 나도 빠이빠이 제발이지 빠이빠이 할 수만 있다면 그럴 수만 있다면 까짓것 내 목 따윈 선뜻 드리우겠어요 진심으로 아무 데라도 아무 때라도 슬픔은 잊을 수가 있지만 상처는 지울 수가 없네요 제가 생각하는 꽃나무를 熱心으로 생각하는 꽃나무처럼 상처는 제가 생각하는 상처만 熱心으로 후벼 파고 있죠 너를 불행하게 할 수 있는 건 오직 나쁜 마음에서 불이 나요 불난 마음 불탄 마음 뜨거워요 So Hot 너무 오래 후벼 팠나 봐요 So So So 뜨거운데도 죽진 않죠 몰랐어요 정말정말 몰랐어요 마음이 다 불타고 난 뒤에도 살아 있을 줄은 내 눈이 불타고 있어요 아직 죽을 만큼 So Hot하지는 않았나 봐요 내가 손을 내밀 때마다 침을 뱉는 사람들 So Hot 뒤에서 느껴지는 차가운 시선들 몰랐어요 예전엔 미처 몰랐어요 창피해도 어쩔 수 없다는 걸 마음 주고 눈물 주고 꿈도 주고 그래 다 퍼 주고 님이 아니면 못 산다고 했는데 몰랐어요 정녕 몰랐어요 熱心으로 제 음부를 후벼 파던 꽃나무의 꽃도 지는데 몰랐어요 꽃에는 마음이 없다죠 꽃은 생각만 할 뿐이라죠 오로지 피고 오로지 지기 위해 꽃은 마음을 다해 골똘할 뿐 마음을 다했으니 So Hot 슬플 이유는 없겠죠 이미 모든 것이 말해졌는데 내 영혼은 이제 검은 그림자뿐이죠

그 겨울의 찻집

　오늘은 커피자판기에게 고백했다 사랑한다고 사랑하니까 사랑하게 되었고 그래서 고백했다 커피자판기에게 아름다운 죄 사랑 때문에 사랑한다고 부드러운 미소로 자신은 동성애자일 뿐이며 그건 취향의 문제라고 위로해 주는 여자에게 난 사실은 이성애자이고 후배위를 좋아하지만 항문성교는 즐기지 않는다고 당당하게 밝히고 싶었다 왜 한숨이 나는 걸까 뜨거운 이름 그 뜨거웠던 거리에 흩뿌려진 동지의 선혈 그래 오늘은 단지 커피자판기에게 사랑한다고 고백했고 그래서 종이컵 수거함에게 미안하더라고 난 너무 순수해서 탈이라고 말하고 보니까 오늘 만난 커피자판기를 내가 얼마나 뜨겁게 사랑하고 있는지 깨닫게 되었고 조바심이 났다 얼른 커피자판기에게 돌아가 다시 한번 말해야 하는데 내 진심을 전해야 하는데 러시안 레드 빛 루즈를 바른 여자는 이제 춤추러 가야 할 시간이니 즐기라고 그러면서 내 입속에다 손가락을 훅 찔러 넣곤 깔깔거리며 당신의 취향은 진부하다고 다만 그뿐이니 안심하라며 다정하게 등을 토닥여 주고 그래도 난 돌아가야 하는데 돌아가서 고백해야 하는데 오늘 하루 널 만나 기뻤고 슬펐고 마음 아팠고 달이 지구를 그리워하듯 자꾸 밀물져 갔다고 마른 꽃 걸린 창가에 앉아 그러나 나에겐 조국이 있었다고 커피자판기에게 고백해야 하는데 다만 취향의 문제

일 뿐이니 걱정하지 말라고 이제 하나밖에 없는 커피자판기
에게 고백하러 가야 하는데 사랑한다고 사랑하니까 사랑했
는데 왜 한숨이 나는 걸까 왜 한숨이

리튬

만나러 갑니다 만나러 갑니까 지금 당신을 만나러 가려 합니다 행복합니다 행복합니까 저는 이제부터 행복해지려 합니다 맨드라미가 피려 합니다 아무 소리도 아무 느낌도 없이 피고 있습니다 피고 있습니까 행복이 꽃피려 합니다 얼마 만인가요 제게도 의지가 생겼습니다 생겼습니까 생기려 합니다 의지입니까 의지입니다 훌륭한 의지이려 합니다 제 자신이 모처럼 자랑스럽습니다 자랑스럽습니까 자랑스러워지려 합니다 당신을 만나러 갈 의지가 생기다니 흥분됩니다 흥분됩니까 흥분되려 합니다 상관없습니다 상관없습니까 상관없지 않았던가요 당신이 누구이든 제가 누구였던 맨드라미는 피려 합니다 붉어지려 합니다 최선입니까 최선입니다 최선이고자 했습니다 당신을 사랑하려 했습니다 사랑했습니까 사랑은 했습니다 저는 무너지지 않으려 합니다 무너지지 않았습니까 무너지지는 않습니다 무너져서는 안 됩니까 안 됩니다 무너져서는 결코 안 되겠습니다 마구 웃기 시작합니다 당신은 웃습니다 웃습니까 깔깔깔 웃습니다 즐겁습니다 즐겁습니까 당신과 나는 즐거워지려 합니다 우리가 깨뜨린 거울 속에서 아름답습니다 진정 아름답습니까 당신은 자꾸 아름다워지고 있습니다 그리고 나는 붉어지려 합니다 붉게 피어나고 있습니까 시뻘겋습니다 마침내 시뻘건 피가 흐릅니다 피가 흐

릅니까 아직도 피가 흐르고 있습니다 두렵지 않습니까 두렵
지 않습니다 두렵지 않으려 해야 합니다 당신을 만나러 가려
하듯 당신을 사랑합니다 당신이 그립습니다 그립습니까 저는
당신이 그리워지려 합니다 흥분되려 합니다 당신을 죽였습니
까 죽였습니다 당신도 살인은 해 봤겠지요 어떤 고통은 잊는
것이 더 고통스럽습니다 고통스럽습니까 고통은 잊을 때 비
로소 피어납니다 비로소 잊힙니까 비로소 피어나고 있습니까
맨드라미가 피고 있습니다 붉게 피어나고 있습니다 당신은

  죽은 당신은, 정말 죽었습니까

잘 있으니까 걱정 말아요

아침에 무당벌레를 보았다면 정오가 되기 전 거울에 세 번 침을 뱉어야 한다 계단을 오르거나 내려갈 때에는 항상 왼발부터 딛되 왼발로 끝나서는 안 된다 목덜미에 붉은 점이 있는 아이를 만나면 양손을 일곱 번 쥐었다 폈다 해야 한다 지하철을 타기 전에는 시계를 보아서는 안 된다 버스를 탈 때에는 다섯 명이 앞서 탄 뒤에 승차해야 한다 구걸하는 자가 다가와 동전 바구니를 내밀면 눈과 귀를 자연스럽게 닫고 떠날 때까지 모세 오경을 되짚어야 한다 만약 누군가가 내게 동전을 건네려 한다면 그 사람과 삼십 분 이상 자본주의에 대해 이야기해야 하는 까닭과 매한가지 이유 때문이다 길을 걷다 뒤를 돌아보았다면 그 자리에서 서른일곱 번 제자리 뛰기를 해야 한다 물론 내년엔 서른여덟 번 그래야 하겠지만 하루 중 여섯 번 이상 뒤를 돌아보았다면 집에서 삼백 보 떨어진 곳에서 이틀을 지내야 한다 재방송 프로그램을 시청할 때에는 광고 방송이 나오는 동안 담배를 피우며 딴청을 부려야 한다 재를 떨기 위해 검지를 사용해서는 안 되듯 그 무엇이든 손가락을 써서 직접 가리켜서는 안 된다 달력을 찢고자 한다면 오른쪽에서 왼쪽으로 단번에 찢되 찢기 전에 큰소리로 날짜들을 일곱 배수씩 끊어 읽어야 한다 혹 끊어 읽다가 막히거나 숨이 고르지 못하면 그 날짜의 수만큼 머리카락을 뽑아 태워야 한다 전화는 벨이 여섯 번째와 일곱 번째 울리는 사이에 받아야 하며 행여라도 그 시기를 놓친다면 부엌칼을 곧추세워 두어야 한다 지폐를 사용할 때에는 지문이 남아 있는지 꼼꼼히 살펴야 하며 지문이 남아 있다면 반드시 燒紙해야 한다 책을 읽다가 오자를 발견하면 현관문을 소리 나지 않게 열었다 닫아야 한다 떨어진 나뭇잎의 잎맥을 보았다면 그 나뭇잎이 원래 달려 있던 나무를 찾아 잘라야 한다 피가 묻은 물건과 마주쳤다면 보름달을 기다려 그믐이 되기 전에 뒤집어 놓아야 한다 자신과 똑같은 형상을 한 자를 만나거든 절대 먼저 질문을 해서는 안 된다 붉은 살 생선을 먹고자 한다면 먼저 아라바시리로 두 번 입속을 헹구어야 하며 털이 없는 짐승을 먹고자 한다면 출가하지 않은 여자가 사는 집을 찾아가 女兒酒를 청해 나눠 마셔야 한다 한 음절에 'ㅇ'이 두 개 들어 있는 단어를 들으면 '부디'라고 읊조려야 한다 가사를 잊어버린 노래를 흥얼거렸다면 바람이 불어오는 쪽을 향해 앉아 死者의 書를 아흔아홉 번 필경해야 한다 살아서는 집이 다르나 죽어서는 죽음을 같이하리니 후드를 쓰고 악어에 올라탄 삐쩍 마른 현자를 만난다면 정중하게 손을 맞잡고 이빨을 갈아야 한다 병을 얻어 유순해질 때 특히 나는 나를 믿어서는 안 된다 안부를 묻는 문자를 받았다면 배터리가 다 될 때까지 핸드폰을 껐다 켜야 한다 하루하루 쌓여 가는 질병들을 셈하거나 그 명칭들을 암송해서는 안 된다 그렇다고 몸에다 부적을 새기는 일 따위는 부질없을 뿐이다 다만 아직 다 자라지 않은 손톱을 잘랐다면 당종려나무 그늘 속에 묻어야 한다 그리고 결코 부패하지 않을 이름을 캐물어서는 안 된다 최선을 다한다고 해서 모든 식물이 꽃을 피울 수 있는 것은 아니다 갈릴레이는 평생 동안 목성의 위성을 네 개밖에 발견하지 못했다 내가 오늘 행한 죄악들 가운데 열일곱 번째 것은 당신을 문득 기억하려 했다는 것이다 부드럽게 출렁이는 침대 비는 그쳤는데 옆방 여자는 반 시간이 넘도록 기도문을 구송하듯 신음 소리를 낸다

死亡遊戲

웃지도 않으면서 여자가 안녕 인사를 해 나도 안녕 인사했지 아침부터 라면을 먹으면서 김치도 먹으면서 안녕 테레비를 보면서 개그콘서트 재방송을 보면서 어젯밤에 그랬던 것처럼 웃으면서 기억나니 어젯밤 개그콘서트 재방송을 보면서 웃을 때처럼 난 웃으면서 인사를 하는데 웃지도 않으면서 내게 인사하는 여자 개그콘서트가 얼마나 재밌는데 그러나 자꾸 눈물이 나서 내 앞에 앉아 여자는 안녕 자꾸자꾸 안녕 안녕 인사만 해 안녕에서 寧 자는 居喪하다라는 뜻도 있고 그래서 안녕하다는 건 편안한 喪中이라는 말도 되지 안녕하니 밥상아 안녕하니 거실아 안녕하니 테레비야 안녕하니 재떨이야 안녕하니 수화기야 안녕하니 탁상시계야 모두 모두 안녕하니 모두 모두 사랑하는 동시에 안녕했듯 웃으면서 웃지도 않으면서 개그콘서트 재방송을 보면서 그러나 자꾸 눈물이 나서 안녕 제비꽃 안녕 봄바람 안녕 고양이 안녕 지구 안녕 지나간 밤아 우주야 안녕 기억하니 우린 영원히 함께 인사를 해 웃지도 않으면서 웃으면서 아침부터 어젯밤에 그랬던 것처럼, 죽은 여자가

제5부

이십세기 소년 독본

내겐 아름다운 습관이 있지 난 오후 세 시에 허브티를 마셔 아무래도 입이 깨끗해야 하니까 난 저녁마다 혼자 육식을 해야 하거든 그리고 일주일 내내 구애를 하지 그러다가 운 좋게도 香港에서 온 아가씨를 만난다면 금붕어를 사줄 거야 어차피 불친절해지겠지만 처음엔 다 아픈 거야 걱정하지 마 금방 아름다워질 테니 젠장 모두 다 아름다운 습관 때문이지 北國에서 팔 년 만에 돌아온 선배는 다시 北國으로 떠난다고 문자 메시지를 보냈어 만우절 밤에 말야 장국영이 죽었고 거짓말처럼 진심을 말하곤 하던 애인은 한순간에 변심했지 왜 항상 익숙해져야 하는 건 나일까 그래 난 아침마다 상추에 한 컵씩 물을 주고 깻잎의 잎맥을 더듬곤 해 이젠 저녁마다 혼자 육식을 해야 하거든 그리고 내가 저지른 죄악들을 모조리 고백하리라 결심하지 난 아직 용서받지 못했으니까 난 너무 아름다워져 버렸으니까 시들지 않는 시체는 얼마나 고매한가 아직 저물지 않은 이십세기 난 한 달 내내 일 년 내내 구애를 하고 육식을 하고 고백할 준비를 하지 내겐 완성해야 할 아름다운 습관이 남아 있으니까

강철은 어떻게 단련되는가

인내 또한 윤리가 아니라 이데올로기였던 시절 지금에 와서야 죽은 아버지의 양복을 꺼내 입고 다시 그의 이름을 더럽히는 건 눈물겨운 욕정 나도 알아 내일이면 말없이 거미를 바라보아야 하는 계절이 시작될 거고 집으론 영원히 돌아갈 수 없다는 걸 感吾生之行休 사랑스럽고 순수했던 기억도 부패하긴 마찬가지 Got too much time to kill me 널 떠올리면 아직도 오줌을 지려 제발 이젠 그만 죽고 싶구나 참을 수 있는 그리움은 아직 그리움이 아니니까 참을 수 없는 그리움은 더 이상 그리움이 아니니까 그리움은 결사적일 뿐 결사대로 만났던 친구들을 새삼 동지라고 불러 보고 싶은 건 그래 서른여섯 자살을 꿈꾸기엔 글러 버린 나이 죽음을 갉아 먹는 어떤 딱정벌레는 제 生의 시각을 정확히 안다지 이제 난 꿈속에선 거의 정상인에 가까워지고 있는데 미학적이지도 정치적이지도 않은 친절한 이웃들 저 다정한 저녁들과 매음이라도 할 수 있다면 感吾生之行休 철저하게 나를 조련하는 시간 Got too much time to kill me

沒書

　작년에 내리던 그 비가 다시 내린다 아무런 까닭 없이 화요일 저녁 파란 플라스틱 의자에 앉아 단단하게 굳은 도토리묵을 한 숟갈 한 숟갈 베어 먹는다 사람도 태어날 때는 부드럽고 약하지만 죽으면 굳고 강해진다 몰랐다 술에 취하지 않는 저녁이란 도대체 어떤 느낌일까 선배는 일회용 면도날로 왼쪽 눈썹을 밀면서 사랑했다고 고백한다 정말 사랑했다고 아무런 예고도 없이 사람들이 죽었다 죽은 사람들 뒤로 죽지 못한 사람들이 태어났다 흩어지면 죽는다 흔들려도 죽는다 가야 할 때가 언제인가를 알고 가던 친구의 뒷모습 사라진 찌라시와 운동화와 구토와 깃발들 모르겠다 정녕 다 읽은 책은 덮어야 한다 날씨가 더 나빠지더라도 당신의 사진이 내 방에 걸려 있으니 지키련다 해골이 두 쪽 나도 오로지 서툰 자만이 파렴치한이 되는 법 난 때때로 주소 대신 한 일 자만 썼다 蠶頭雁尾의 필세 속에 숨겨둔 진심 따윈 애초부터 없었는지도 모른다 심연을 오래 바라보고 있으면 깨달을 것이다 결국 마음이란 없다는 걸 내가 뒤돌아볼 때마다 파르르 소엽을 움츠리던 미모사는 칠월이 끝나 갈 무렵에야 전갈자리를 향해 진분홍 성기를 밀어 올렸다 주저 없이 사라질 수 있을 때 생은 印泥를 이룬다 능숙하고 잘 생긴 범죄자처럼 자신이 쓴 글자들을 물끄러미 바라보던 젊은 대서인의 가녀린 자책 또한 금세

잊힐 것이다 내게 술잔을 던지던 후배처럼 지금은 누군가가
내 심장을 뜯어 가길 바랄 뿐 화요일 저녁 파란 플라스틱 의
자에 앉아 저 도토리묵처럼 단단하게 식어 버린 시간들을 하
나하나 되읽는다 아무런 信念도 없이 십 년 전에 혹은 이십
년도 더 전에 내리던 그 비만 차츰차츰 굵어진다

Monologion

칠석 저녁 호수공원 후미진 구석 일찍 핀 코스모스 사이를 잇대고 잇댄 거미줄 삼청동 골목길 끝에서 마주친 유순하게 생긴 똥개의 축 늘어진 귀와 혀와 꼬리 체인에 묶인 채 녹슬어 가는 자전거의 바퀴살 스카라극장 앞 보도블록에다 머리를 꼭꼭 찧던 잿빛 비둘기들의 갸륵하고 갸륵한 기도 내가 버린 조국처럼 울먹이던 여자 청송 큰이모네 연쇄슈퍼 앞 미루나무가 도열한 신작로를 내달리던 완행버스 부슬비 내리는 늦봄 오후 사력을 다해 왱왱거리는 파리의 날갯짓 비문증을 앓던 외사촌 동생이 이른 아침마다 불어 대던 아코디언 소리 명지대 앞 거북골길 천상별쌍선녀집과 그 옆 단란주점 물망초 사이 스물두 개의 계단 파반보다 느리고 형식적인 유서 오래전에 읽었던 책들에 남겨진 얼룩들 유리창에 덕지덕지 들러붙은 雨水의 새벽 누구를 증오해야 하나 누구에게 칼을 꽂아야 하나 마라강을 건너는 누 떼를 덥석덥석 물어 던지는 하마 사우디에서 온 당숙의 네 줄짜리 편지 인왕시장 한 귀퉁이 갈치 장수가 피워 놓은 모기향의 연무 천장대를 맴도는 독수리 내 왼쪽 관자놀이 바로 위를 때렸던 지랄탄의 악착같은 속도 사거리에 멈춰 선 버스 차창 너머 아스팔트 위를 후다닥 달려오던 빗방울의 발목 없는 뜀박질 개척교회 변소 곁 꽝꽝나무 이파리마다 새겨진 바람의 압점들 파꽃에 촘촘히 박힌 이슬들과 연자색 안개 삼양동 골목마다 들어서 있던 목 잘린 전봇대의 하염없는 그림자 쓰르라미가 올 적마다 사라져 간 누이들 오늘은 자꾸 새들이 떨어진다 진심이 사라진 세계 부베의 연인을 기억하는 건기의 오후 조치원 역전에서 파릉초를 다듬던 젊은 아낙 불광천변 해바라기의 바싹 마른 아랫도리 맥문동 줄기에 대롱대롱 매달린 모시나비의 유충 껍데기 실연당한 선배가 마시던 소주병에 새겨진 손금 화정역 근처 벌집삼겹살집으로 바뀐 생맥주집에서 바라보았던 눈 내리는 새벽의 이차선 도로 잘못 맞춘 탁상용 시계의 깜빡거리는 숫자들 태양풍보다 빠르게 달아난 시간 함어로 읊조리던 베르베르족 족장의 주문 천변을 한 땀 한 땀 거슬러 오르던 물잠자리의 날갯짓 내 무릎 위에 아무렇게나 잠든 애인의 고르고 고른 맥박이 향하던 북쪽 매일 매시간 생생하게 되살아나는 殘忍들 이미 열려 있었던 문 안, 누구도 결코 들어갈 수 없는

Le Paria

  눈은 내리고 밤을 새워 한낮을 건너 공산당선언의 첫 문장처럼 눈은 내리고 체온보다 조금 차가운 긴죠슈를 마시는 저녁 형, 지금 호치민엔 비가 내리는지 형은 왜 사시장철 비 내리는 그곳으로 사라졌는지 다음 행선지조차 서로 말하지 못하고 헤어지던 그날 이 세계의 모든 집들은 꼭꼭 입을 다물었고 모든 나무들은 채 마무리 짓지 못한 나이테 속에 한 땀한 땀 견뎌 온 시간들을 은밀히 숨겼더랬지 죽은 자가 간신히 제 이름을 기억해 내듯 이제서야 눈은 내리는데 알겠어 형 매일 조금씩 단단해지는 무관심 덕에 겨우 난 살아남았고 그동안 나는 수치심을 잃어버렸지 오늘은 누구를 사랑해야 하나 다행이야 다행히도 십일 년이 흐르고 지난주 내가 직접 건네준 내 시집을 노래방 도우미에게 선물한 후배에게서 형에 대한 소식을 들었어 달아난 형수의 향내가 나던 여자 돌아서면 가로막는 낮은 목소리 생각하면 무얼 하나 다행이야 형 일산에선 1시간에 2만 원이면 도우미가 대신 추억을 선택해 주지 그날 우리가 선택한 건 대체 무엇이었을까 믿음만으로도 눈부셨던 시절 무심하게도 진실은 진실일 뿐 어떻게 증명할 수 있을까 내가 이미 죽었다는 걸 동면을 놓친 푸른독개구리처럼 서서히 말라 가는 계절 언제 비가 내릴지도 모르는 호치민 어딘가에서 여태 전단지를 만든다는 형 향유고래의 노래는 수천 킬로를 건너간다는데 아직 덜 삭은 층층나무마다 꾸덕꾸덕 눈은 내리고 체온보다 조금 차가운 긴죠슈에 차츰차츰 익숙해지는 저녁 공산당선언의 첫 문장처럼 눈은 내리고

오래된 전조

새가 죽고 드문, 드문 저녁이 오기 시작한다

새의 내장 가득 꽂힌 시린 허공

미처 떠나지 못한 나뭇잎 한 장 前生을 향해 요동친다

저 먼 동네 어디에선가 젊은 엄마가 아이를 찾아 나서던 골목길이 태반 쏟아지듯 열리고

꽁꽁 얼어붙은 죽음이 파닥파닥 뒹군다

돌이킬 수 없는, 그것이

일어서고 있다

동행

담배를 사러 가다 우연히 너를 만났고 우연히 놀이터에는 아무도 없었고 우연히 기나긴 시간을 들여 땅과 강과 구름이 만들어졌고 우연히 내가 태어났고 다행이다 지금까지 살아남은 우리 아무 이유 없이 이월이 저물 무렵 우연히 따뜻한 오후 우연히 네 눈빛을 보았고 우연히 마음이 부드러워졌고 빈 병을 가득 짊어진 너는 문득 멈춰 섰고 우연히 난 미소를 지었고 우연히 네 등 뒤 먼나무를 보았고 먼나무 가지 끝 우연히 우주와 지구 사이에 낑겨 있던 나뭇잎 한 장 먼나무 아래 비둘기를 잡아먹고 있는 고양이 그건 조금 무서운 일 그러나 그건 우연한 구경거리 우연히 우리가 만났듯 우연히 가래를 뱉었고 우연히 욕설이 튀어나왔고 그곳에 우연히 내가 있었고 우연히 네가 있어서 우리 서로 다른 길을 가다 우연히 만났고 너는 빈 병 하나를 던졌고 나를 향해 우연히 우리 평화로운 세상에서 만나 다행이다 잠시나마 웃고 있는 널 보고 있으면

이 사람을 보라

　　마지막 스타킹 마지막 신사 양말 마지막 핸드크림 마지막 머리핀 마지막 꼬리빗 왕창 세일 중 난 왜 끝까지 주저하는가 마지막 이쑤시개 마지막 쿠킹 호일 마지막 지퍼백 마지막 그물수세미 마지막 고무장갑 마지막 저녁을 건너려는 새 마지막 물병솔 마지막 욕실 슬리퍼 마지막 비누받침 마지막 칫솔꽂이 마지막 이태리타월 마지막이라고 발음하려는 입술 마지막 변기세정제 마지막 옷걸이 마지막 다리미판 마지막 발판매트 마지막 빨래판 마지막이 되고자 하는 마음 해가 지는 곳에서 오려던 사람 마지막 주방용 칼 마지막 냄비받침 마지막 목욕바구니 마지막 휴지통 마지막 방향제 마지막을 떠올려야 하는 문장 난 왜 끝끝내 서투를까 마지막을 예감하는 신호등 비가 내릴 것이다 때가 되면 마지막 양말을 신고 마지막 칫솔질을 하고 마지막 키스를 하고 마지막 휴지통에 마지막 콘돔을 버리고 마지막 호의 마지막 염려 마지막 위로 마지막 악수와 마지막 인사 이 생의 마지막이 마지막으로 시작되려던 순간 아무런 예의도 없이

감정교육

춤을 추어요 그대 행복한 춤을 추어요 무엇을 망설이나 그
대 오늘은 좀 상냥해지려나 눈에서 비린내가 나요 사람의 몸
은 죽은 뒤에야 거대해지죠 내 모습이 부럽지 않나요 춤을 추
어요 여름 내내 자란 멜라니고무나무 잎사귀에 달팽이 껍질
이 매달려 있군요 당신과 나는 하나인가요 저 끈질기게 말라
붙은 애액 사랑했나요 그대 동지들아 굳게 뭉쳐 승리의 대열
로 넌 누구죠 나를 봐요 하던 일 잠시 멈추고 모든 것이 이제
다 무너지고 있어요 나를 구제해 줘요 기억나지 않아요 오래
됐어요 나는 스스로를 경멸할 줄 모르죠 즐거워요 내 생식
기관은 마침내 배뇨 기관으로 진화한 걸요 한껏 상쾌해지는
이 기분 깨끗하게 맑게 자신 있게 지우는 게 중요하죠 자 우
리 중요하게 춤을 춰 봐요 행복한 춤을 손에 손을 맞잡고 다
정스럽게 다정도 병인가요 다정적으로 춤을 추어요 다정해질
때까지 다정적으로 춤을 그대 멋이 흘러넘쳐요 멈추지 말아
줘요 맥주 맛은 거품이 좌우하죠 흘러넘치게 내버려 두세요
비참해질수록 비참해질 뿐 춤을 추어요 바로 지금이 유일한
순간이죠 결코 시간은 멈추어질 순 없죠 멀리 사라진 날은 잊
어버려요 이대로 춤을 추어요 우리 행복한 춤을

강철서신

나 나빠질래 너처럼 나빠질래 정말 내 맘도 몰라주고 오늘
은 나빠지기로 결심한 날 나는 이 세상에 없는 개 목표에 집
중해 그게 순수야 견습 수녀가 새벽마다 쓸던 마당처럼 나 나
빠질래 즐겁니 흥분되니 내 맘을 왜 몰라 나빠지고 있는데 그
러니까 나빠질래 그런 건 왜 묻니 넌 나빠지는 데 이유가 있었
니 궁금하면 너도 다리를 잘라 이제 난 증오나 경멸 따윈 신
경 안 써 오로지 나빠질래 오늘은 하루 종일 미모사처럼 죽
은 척이나 해 볼까 저거 봐 바람도 금세 사람의 마음을 가지
기 시작하잖니 너처럼 말야 주먹만 한 새들이 그루브하게 떨
어지고 있어 좋아 내기할까 누가 더 나빠질 수 있는지 어떻게
너보다 더 나빠질 수 있을까 생각하면 생각할수록 달콤해 입
속 가득 퍼지는 그랑끄루 아비나오 아비요오 아버지 그동안
당신을 너무 막 대했네요 미안 이젠 그만 나빠지셔도 됩니다
그만 뚝 당신은 사랑받기 위해 태어난 사람 어떻게 달래 주나
걱정하지 마세요 내가 나빠지고 있잖아요 칭찬은 사양하렵
니다 내 머리를 쓰다듬지 마세요 자꾸 그러면 삐뚤어질 거야
철길에서 악쓸 거야 오늘은 한없이 나빠질래 어젠 팔 할만 진
심이었어요 우리 가는 길이 결코 쉽진 않을 거예요 뭐 나빠지
는 게 잘못인가요 원래 나빴는데 하늘만 바라보는 해바라기
처럼 앞만 보고 나빠질래 한 점 티 없이 상상이나 했겠니 너

보다 더 순결해지는 나를 원래부터 나빴던 너와 조금 더 나빠
지려는 나와 그리고 나를 닮아 가는 너 매일매일 우리 해맑게

금요일의 시작

　이상한 금요일 아침은 이상하게도 시작되지 아침 햇살은 아침 햇살처럼 십일월의 바람은 십일월의 바람처럼 내가 잃어버린 것은 무엇일까 이상한 금요일 아침은 때때로 목요일 아침처럼 시작되지 목요일 아침처럼 시작되자마자 사라져 버리는 이상한 금요일 아침 누구도 짐작할 수 없지 이상한 금요일 아침은 그저 저만치 서 있다가 우두커니 서 있다가 어두워지지 이상한 어두운 금요일 아침 이상한 어두운 금요일 아침 햇살은 이상한 어두운 금요일 아침 햇살처럼 십일월의 바람은 여전히 십일월의 바람처럼 내가 잃어버린 것은 무엇일까 정녕 이상한 금요일 아침은 이상하게도 시작되지 그리곤 이상하게 사라지지 누구도 궁금해 하지 않는 이상한 금요일 아침 아무도 떠올려 보지 않은 이상한 금요일 아침은 아무 때나 시작되지 이번에 시작된 이상한 금요일 아침은 좀 분주해 지난 금요일 아침처럼 짝이 맞지 않는 양말을 신고 출근하기도 하고 어느 금요일 아침처럼 문득 작년이 생각나기도 하고 오늘 금요일 아침처럼 저녁엔 누굴 만날 수 있으려나 걱정하기도 하지 걱정은 늘어만 가는데 걱정 없이 좀 분주한 이상한 금요일 아침 이상한 금요일 아침은 이상하게도 이상하지 않게 시작되지 내가 잃어버린 것은 정말 무엇이었을까 이상하지 않은 이상한 금요일 아침은 이상하지 않은 이상한 금요일 아침처럼 십일월의 바람은 끝끝내 십일월의 바람처럼 누구도 의심하지 않지 의심이 사라진 이상한 금요일 아침은 의심 없이 시작되고 마침내 금요일 아침은 의심 없이 시작되지 이상한 금요일 아침이 사라진 금요일 아침 나는 이제 무엇을 잃어버려야 할까 십일월의 바람은 언제부터 십일월의 바람이었을까 왜 하필 바로 지금 이상한 금요일 아침이 시작되었을까 이상하게 시작된 이상한 금요일 아침이 물끄러미 바라보는 오늘 아침 나는 무엇을 잃어버렸다고 고백해야 하나 이상하게도 더 이상 이상해지지 않는 이상한 금요일 아침

一片丹心

　　백야 아흐렛날 바다코끼리의 가죽에 적은 에스키모의 가계도; 마분지로 접은 딱지에 스민 저녁의 문양; 라흐마니노프 피아노 협주곡 3번 1악장에 반응하는 난쥬의 單眼; 금환일식이 고산관목의 나이테에 미치는 영향; 보이니치 필사본에 적힌 문자들의 입체 영상; 쿠노이치의 생리 주기와 월조 간격의 관계; 하늘에서 본 二里頭 유적 속에 존재했던 미래; 군산 해망동 골목길에 버려진 삐라들; 쇠파이프와 각목과 철근과 빈주먹; 양피지를 만들기 위해 필요한 무두질의 횟수; 복숭아씨의 파편들; 지금 나는 끝장나는 중이다; 시월혁명 당시 사용한 율리우스력에 새겨진 로마 황제들의 오만과 한숨; 오늘 밤에도 청년은 늙어 가고 자살한다 이것을 진리라고 부를 수 있을까; 토란 잎을 긁던 바람의 뼈; 잘못 누설된 인간의 본성에 관한 노트; 마오 평전 사이에 깔려 죽은 개미; 운디드 니에 매장한 심장들; 18년 전의 焚身들; 미래는 우리를 속였지; 타인의 섹스를 비웃을 때 진성과 가성의 비율; 보라색 이브닝드레스를 입은 여인과 푸른색 이브닝드레스를 입은 여인이 교차하는 문 앞 태양의 위치; 왜 쏘았니 왜 찔렀니 트럭에 실려 어디 갔니; 잘 먹고 잘 사는 법; 必生卽死 必死卽生; 떨기나무가 삼킨 노랑딱새; 으…… 아! 헉, 아, 아, 으으; 당신도 잘 아는 이야기; 자다 일어나 울던 세 번째 애인이 흘리고 간 陰毛의 개수; 조선전사에 적히지 않은 그날들; 이 세계의 모든 죄악이 증발하는 시각; 왜 시작되지 않았는가 왜 시작되지 않으려 하는가; 김기설의 유서; 봉화 큰형이 타고 다니던 짐발이 자전거의 시커먼 철근들; 잊을 수가 없다 도저히; 여수행 1517호 열차를 스쳐 지나간 별들의 질량; 누구나 똑같은 마음을 나누어 가졌던 시절; 제 숨결 속으로 밀항하는 텃새들의 궤도; 나는 여전히 나를 팔아먹고 연명하는 중이다; 태어나는 순간 禁書가 된 기억과 방치된 기억; 거짓말이야 거짓말이야 거짓말이야아아; 적들이 사라지자 나는 스스로를 증오하기 위해 부단히 노력했다; 어떤 銃聲 그리고 또 다른 銃聲 그리고 연이은 銃聲; 실패한 이름들과 실패할 이름들; 서랍을 열었다 닫는 마음과 서랍을 닫았다 여는 마음; 그런데 나는 내가 한 짓들 중에서 가장 나쁘다고 생각되는 게 뭔지 몰라요; 비는 그쳤는데 낙숫물 소리 따라 환형동물이 창틀을 넘고 있다

天長地久

　결심한다 버릴 것이다 오늘이 가기 전에 저 나무를 버리고야 말 것이다 기필코 버릴 것이다 삼 년 전에 죽은 나무 삼 년 동안 잎도 꽃도 피우지 않는 나무 결심 중이다 버리리라 결심한다 결심이 자라난다 오늘은 낮과 밤의 길이가 똑같아지는 날 죽은 자와 산 자가 마주 바라본다 결심해야 한다 반드시 오늘 안으로 지난겨울 내내 기다려 온 결심을 결심할 것이다 삼 년 동안 죽은 채 자라 온 나무 죽어서야 저를 입증하려는 나무 버릴 것이다 버리고야 말 것이다 결심한다 이 결심엔 개인적인 감정은 없다 저 나무는 단지 죽었고 더 이상 죽일 수 없는 나무가 되었을 뿐 죽음이 사라진 나무 나날이 생생해지는 나무 결심은 언제나 사후적이다 지금까지 결심했었던 모든 결심들을 새삼 결심하고자 한다 결심은 죽은 뒤에야 비로소 결심이 된다 죽은 결심이 싹튼다 죽은 결심이 결심을 꽃피우고 있다 결심이 꽃핀다 오로지 결심이 된다 마침내 결심은 결심을 결심한다 결심은 결심일 때 아름다워지려 한다 죽은 나무가 날라와 더불어 결심이 되자 한다 되고자 한다 죽은 나무는 끝끝내 되려 한다 결심이 되고자 한다 저기 멀리서 낙원이 손짓하며 부른다 삼 년째 한자리에 오도카니 앉아 결심 중인 나무 결심을 결심하려는 나무 죽은 나무가 결심하고 있다 결심하면서 결심하고 있다 버릴 것이다 결심한다 오

112

늘이 다가기 전에, 나는

내가 두려워지려 한다

어떻게 사랑하게 되었을까

이미 시작되었다 그것은

시작되자마자 사라지고 있다 그것은

사라지면서 시작되고자 한다

몰래 피어나 버린 꽃처럼 흘러오고 흘러가는 강물처럼

시작되면서 사라지고 있다 전격적으로 매일매일

사라지면서 시작되려 한다 그것은

너에게도 죽을 마음이 남아 있는가

나무가 제 그림자 속에 뼈를 감추듯

사라지면서 시작되고 있는

필경, 필경

장석원

시인이여, 그림자 속에서 이곳으로 걸어 나오라. 시인이여, 과거에서 현재로 귀환하라. 그대는 나의 일부, 나는 나보다 그대를 더 잘 알고 있으니, 아무 말 하지 말고, 아무것도 판단하지 말고, 나에게 오라. 그대는 나를 사용하기 위해 이곳에 있으니, 나는 그대의 일부이니, 우리가 건설한 저 세계의 패망을 기록하기 위해 오늘의 치욕을 꿀꺽, 꿀떡, 삼키고, 어제를 기억하자. *어제의 거리마다엔, 지나가는 길목마다엔 사람이 사람 사이에 숨어 있었고 깃발이 나부꼈고 노래가 있었다 우리는 우리가 인민이라는 사실을 잊지 않았다.*(「혁명전야」) 사람과 사람 사이에 텍스트가 있다. 나와 너 사이에 노래가 있다. 우리와 우리 사이에 우리가 지지한 이념과 우리의 미래를 조직한 신념이 있다. 人民. 사람과 백성. People are people. 그대는 내게 말하네. '당신'을 망가뜨리기 위해 전심전력으로 달려온 그대가 어깨를 들썩이며 고백하네, 나에게. *나를 뜨개질하는 당신 난 당신이 난도질한 무늬에 지나지 않*

지 도대체 언제까지 이런 모욕을 참아야 하나 도무지 거부할 길 없는 당신 당신은 지나치게 나와 닮았어.(『우리가 불 속에서 잃어버린 것들』) 우리는 '당신'을 적으로 삼았다. 적 때문에 존재할 수 있었던 청춘의 심연에서 상실이 피어오른다. 패잔병들의 머리 위에 낙진 같은 추억이 쏟아진다. '나'를 둘러싼 세계의 모든 '당신'들을 사랑한다고 말했던 적이 있다. '당신'과 나는 절대로 하나가 될 수 없었지만, 하나가 되지 않을 수도 없었다. 우리는 '당신'에게서 나왔는데, '당신'은 우리를 기억하지 않고, 우리는 '당신'을 사랑하는데, '당신'은 우리를 한번도 안아 주지 않았다. 그렇다. 이제부터 우리는 이태가 된다. 異態에는 반드시 까닭이 있다 처음부터 세계는 나에 대해 무관심했고 나도 세계에 대해 심드렁해져 간다 이젠 진실을 말해도 아무도 귀 기울이지 않는다.(『僞年輪』) 변형체가 되어 세계를 건너가는 것이다. 세계를 변형시켜 '나'를 견뎌 내는 것이다. 문득, 동지들이 생각난다. (세계의 동지는 하나. 우리의 동지는 여럿. 동지는 빛이기도 하고 어둠이기도 하기에, 동지는 세계의 밤낮을 이어 붙이는 아교. 그 밤 내내 우리는 접착제를 제조했는데) 동지들 모여서 함께 나가자 무엇이 두려우랴 (두려운 것, 아주 많았지만, 우리는, 이겨 낼 수 있었다, 동지들.때문에) 출정하여라 투쟁의 깃발이 높이 솟았다 혁명의 정기가 우리에게 있다 (선배 정기형은 자유주의자였다. 그는 투쟁이 끝난 후, 실패한 후, 우리가 무너진 후, 역술가가 되었는데) 무엇이 두려우랴 (주역에 의하면, 이 세계는 패망할 것이라고 한다. 미리 준비하자. 동지들 모두) 출정하여라 억

눌린 민중의 해방을 위해 나가 나가(『광주 출정가』), 저 밖으로 나가자, 나가 버리자. 나가 버린 후, 우리는 자유로워졌고, 나가서, 우리는, 비로소, 그 속에서, '나'와 '당신'을 발견했다. 지난 칠 년 동안 내가 간신히 확인한 사실이라곤 사랑할 사람이 전혀 남지 않았다는 것뿐 내가 증명할 수 있는 진리라곤 저 계절들과 계절들 속의 꽃과 그 꽃의 견고한 無心 자기 스스로 아무 스스럼없이 살아가는 이 세계의 뻔뻔한 냉정과 열정 사이에 잠복한 잘 삭은 경멸 불가항력의 기억들 가파르게 쏟아지는 진녹색의 내일과 아직 다가오지 않은 어제, 어제들.(『저개발의 기억』) 우리의 사랑은 어제 사라졌다. 바로, 어제, 우리는 사랑의 뒤에서 꺼져 버린 것이다. 어떤 허무가 우리를 잠식했나. 어떤 공포가 우리를 지배했나. 소비에트가 사라진 날, 혁명이 거품이 된 날, 그날 우리가 선택한 건 대체 무엇이었을까 믿음만으로도 눈부셨던 시절 무심하게도 진실은 진실일 뿐 어떻게 증명할 수 있을까 내가 이미 죽었다는 걸. (『Le Paria』) 왜 혁명 때문에 내가 죽어야 하는가. '당신'이 나를 죽인 것 아닌가. '당신'의 얼굴을 저 허공에서 파내고 싶다. 반드시 그 얼굴은 사라져야 한다. 적을 파괴하라. 이렇게 외쳤지만, 적보다 먼저 우리가 사라지고 말았던 것. 우리는 패배 속에서 궁흉의 쌀알을 씹으며, 검은 담즙을 마셨다. 달콤한 인생이 시작되었다. 모든 것이 부질없다고 중얼거리던 저녁들이 또 한차례 피어난다.(『순례자』) 이 세계의 적은 바로 나. 잊지 못하기에, 그것이 죄. 사랑한 것이 죄. 죄짓지 않은 자를 사랑한 것이 나의 죄. 내가 저지른 죄악들을 모조리 고백

117

하리라 결심하지 난 아직 용서받지 못했으니까 난 너무 아름 다워져 버렸으니까 시들지 않는 시체는 얼마나 고매한가 아 직 저물지 않은 이십세기.(「이십세기 소년 독본」) 끝나지 않은, 기 록하지 못한 이십세기. 아직 시작도 되지 않은, 영원한, 이십 세기. 우리를 피에 굶주리게 하는, 저 영원한 패배의, 이십세 기. 개 같은 이십세기. 이십의 세기야, 이 씹의 새끼야, 이 씹 새끼야. 내가 패배했다. 망령들, 나를 지배하라. 나는 이십세 기의 충실한 신민. 우리 신민은 서로 신애협력함으로써 단결을 굳게 함. 우리 신민은 인고단련 힘을 기름으로써 20세기를 선 양함. 나를 개방한다. 나를 개복한다. 나는 개다. 나를 파괴 해야만 견딜 수 있다. 그 시대를 내가 살아왔다는 것, 치욕이 다. 그런 치욕을 저지른 나, 용서할 수 없다.

*

어떻게 해서든 지워야 한다. 지워지지 않는 것, 지울 수 없 는 것이 있기 때문에, 지워야 한다. 하지만 지워지는 것이었 다면, 우리가 지울 수 있었다면, 발생조차 하지 않았을 것 이다. 고통도 사랑도. 그리고 혁명도 실패도. 채상우의 시 는 지우려는 자와 지워지지 않는 것들의 투쟁에 대한 필경 (筆耕)이다.

그날 그때 명동에 신촌에 종각에 미도파백화점 앞에 꽃잎 꽃잎들 가지 않았다 그날 오전 열 시 민자당사에 구치소에 그

날 새벽 미문화원 앞에, 가지, 않았……다… 그날 아침 그날
저녁 그날 밤 그곳에…… 꽃잎, 꽃잎, 꽃잎들 아직 있다 거기
에 어디에도 가지 않았다 가지 않았다 오로지 가지 않았다 가
지 않고 있다 가지 않는다   ―「血書」부분

하지만 지워질 리 없는 것이다. 그렇기에 채상우는 그것을
기억하고, 그것을 기록하는 방법을 선택한다. 그는 그날들을
구성하는 명사들을 정확하게 기억한다. 그는 낱낱의 세필가
(細筆家)이기 때문이다. 그날 우리는 민주주의를 향해 전진하
는 꽃잎들이었다. 그날 우리가 있었던 곳, 과거에서 탄생하
여 현재에 이르러 소멸하는 공간의 고유명사를 채상우는 호
출한다. 우리, 꽃잎들이 "가지 않았"던 곳, 기필코 "가지 않
고 있"었던 곳, 그리하여 절대로 "가지 않는" 곳, '명동과 신
촌과 종각과 미도파백화점'이 그때 그곳에 있었다. 우리가 그
곳에 가지 않은 것이 아니다. 그것들이 그곳에서 다른 곳으
로 가지 않는다. 떠나지 않는다. 그날의 "꽃잎, 꽃잎, 꽃잎들
아직 있다 거기에". 채상우는 혼돈에서 적출한 문장을 되풀
이한다. 그는 아무것도 사라지지 않았다는 사실에 승복한
다. 그는 "가지, 않았……다"고 더듬거린다. 그는 더 깊은 혼
돈을 결행하기 위해 '혈서'를 '밀서'로 바꾼다. 그날의 자신에
게 편지를 띄운다

    모든 이별이 그렇듯 모든 기억은 언제나 처음이지 (…중
    략…) 街鬪에 나가기 전 불태운 건 시간과 장소가 적힌 종이가

아니라 그 시간과 장소였더랬지 금순아 오늘은 눈보라가 장난
이 아니구나 도대체 넌 어디로 내뺐니 (…중략…) 그러니까 미
안하다 미안해 자꾸 미안하다 자꾸 미안해하면서도 난 끈덕
지게도 잘 산다 단정코 너를 옳다 하지 아니하겠고 죽기 전에
는 나의 순전함을 버리지 않을 것이니 (…중략…) 한국어로 기
록된 적 없는 이 모든 죄의 시원 한겨울에도 천 개의 붉은 성
기로 이 세계를 샅샅이 애무하는 단풍나무와 그 단풍나무 아
래 離散된 시간의 늑골들   ─「密書」 부분

기억이 습격한다. 과거가 현재로 귀환한다. 가투의 기억
은 사라졌다. 우리가 불태운 것은 "시간과 장소가 적힌 종이
가 아니라 그 시간과 장소였"다. 그날은 사라졌다. 우리가 투
쟁했던 그 시간과 그 장소는 소멸되고 없지만, 우리가 지워
버린 것은 그날의 기억이었지만, 우리가 지웠다고 믿었던 그
날의 기억이 현재에 천공을 내고 우리 앞에 모습을 드러냈을
때, 채상우는 "離散된 시간의 늑골"을 발견한다. "한국어로
기록된 적 없는 이 모든 죄의 시원"은 무엇일까. 어떤 죄를 지
었기에 시인은 오늘, 과거의 공격에 저항하지 못하고 무릎 꿇
고 마는가. 우리가 사랑한 금순이는 도대체 "어디로 내뺐"을
까. 채상우는 이러한 질문의 답을 보여 준다. 그가 밀봉한 기
억은 그의 지우려는 의지와 상관없이 과거의 아름다운 모퉁
이마다 매복해 있다.

　　일 년 전과 칠 년 전 혹은 이 년 전과 어느 늦은 봄날 사이

를 걸어간다 눈부신 햇살이 비춰 주어도 무슨 소용 있겠어요
갈갈이 찢긴 세월들 나는 자꾸자꾸 걸어 나간다 아무리 지나
간 시간들을 거듭제곱한다 한들 돌아오는 것은 매번 C'est la
vie 진리는 상투적이어서 불편하다 절뚝절뚝거리면서도 나는
상습적으로 걸어 나간다 길을 건너는 건 그리 어려운 일이 아
니다 다만 간절히 원하면 자기 자신을 잊게 될 뿐 꾸덕꾸덕 피
어나는 기억들 (…중략…) 태평양처럼 출렁이던 광주 대인동
골목길 잘못 던진 꽃병을 물끄러미 바라보던 중년의 회사원
은 나를 향해 엄지손가락을 치켜들었지 어쩌란 말인가 바다
건너 안데스 산맥엔 죽을 때까지 시간을 베껴야 하는 필경사
들이 산다는데 자꾸자꾸 하하하 자꾸자꾸 걸어 나가면 정말
정말 이 세상을 다 건널 수 있을까 아직 완성하지 못한 반성들
　　　　　　　　　　　　　　　　　　—「자꾸 걸어 나가면」 부분

　채상우의 시에서 시간은 중요한 요소가 아니다. "일 년 전
과 칠 년 전 혹은 이 년 전과 어느 늦은 봄날"이 구분되지 않
는다. 그것들은 전부 "갈갈이 찢긴 세월들"일 뿐이다. 그것들
전부를 과거라고 부를 수 있는 것이다. "아무리 지나간 시간
들을 거듭제곱한다 한들" 지나간 시간의 실체는 달라지지 않
는다. 과거는 오늘로 돌아와 새로운 현실이 된다. 새로운 오
늘의 진리는 "C'est la vie"다. 인생이 그러하기에, 세상이
그렇게 진행되었듯이, 채상우는 "상습적으로 걸어 나간다".
이쪽에서 저쪽으로 건너는 것, 과거에서 현재로 이동하는
것은 "그리 어려운 일이 아니"므로, 과거와 과거에 지배받는

'나'를 잊고 싶다면, 길을 건너는 것과 마찬가지로, 쉽게 "자기 자신을 잊"을 수 있다. 시인은 자신과 자신이 만든 기억을 지우지만, 세계의 기억은, 우리가 속해 있던 과거가 발사한 기억은 현재를 꿰뚫는다. 기억이 "꾸덕꾸덕" 피어난다. "광주 대인동 골목길 잘못 던진 꽃병을 물끄러미 바라보던 중년의 회사원"이 치켜들던 "엄지손가락"을 "어쩌란 말인가". 그날의 기억을, 그날의 이미지를 어떻게 잊을 수 있는가. 그것들이 어떻게 지워질 수 있단 말인가. 채상우는 "시간을 베껴야 하는 필경사들"을 바라본다. "아직 완성하지 못한 반성들"이 "칠월이 저물도록 녹나무 곁을 떠나지 못하고"(같은 시) 있다.

"필사적으로 바닥에 이르른 시간들"을 채상우는 바로 본다. 그는 "내 죄가 시작된 곳은 어디일까"(「검은 기억 위의 검은 기억」)라고 묻는다. 그는 '나'와 세상에 대해, 거기 살고 있기에 죄가 되는 모욕에 대해 묵상한다. 떠나지 못하는 '나'를 징벌하고자 한다. 떠나야 하는데 떠나지 못하는 것, 지워야 하는데 지우지 못하는 것, 지워져야 하는데 지워지지 않는 것조차, 죄다 죄다. 그러므로 '나'를 분해해야 하고, '나'를 소멸시켜야 한다. '나'의 죄를 씻어 내기 위해 무엇이든 해야 하는 것이다. 그런데, 천형 같은 과거가 채상우를 거덜 낸다.

내 왼쪽 관자놀이 바로 위를 때렸던 지랄탄의 악착같은 속도 사거리에 멈춰 선 버스 차창 너머 아스팔트 위를 후다닥 달려오던 빗방울의 발목 없는 뜀박질 개척교회 변소 곁 꽝꽝나무 이파리마다 새겨진 바람의 압점들 파꽃에 촘촘히 박힌 이

슬들과 연자색 안개 삼양동 골목마다 들어서 있던 목 잘린 전
봇대의 하염없는 그림자 쓰르라미가 올 적마다 사라져 간 누
이들 오늘은 자꾸 새들이 떨어진다

　　　　　　　　　　　　　—「Monologion」부분

　멈춘다. 세계의 운행이, 시간의 진행이, 기억의 탐색이 정
지한다. "바람의 압점들 파꽃에 촘촘히 박힌 이슬들"이 보인
다. 동결된 과거가 생생하다. 아직 아무것도 사라지지 않은
것이다. 아직 그 무엇도 사멸하지 않았다. 채상우는 "목 잘
린" 것들과 사라진 자들을 잊지 못한다. "자꾸 새들이 떨어"
지는 오늘을 목도한다. "왼쪽 관자놀이 바로 위를 때렸던 지
랄탄의 악착"에 물린 시간 속에 살고 있는 채상우는 "소주
나 한 잔 마시고 민주주의에 대해 생각해 보고 식민지반봉건
제 사회와 주변부자본주의론을 더듬다"가 흘러간 청춘을 서
럽게 되뇌다가 "노래 참 싱겁다"는 싱거운 자기 인정에 도달
한다. "싱거운 진실은 눈물겹고 눈물은 언제나 겹겹이고 싱
겹게 소주나 한 잔 마시고" 현재의 삶을 오욕으로 물들인다.
"소주나 허공이나 수돗물이나 혁명이나 그게 그거고 아니다
그렇지 않다". 부정에 부정을 거듭해 보지만 살아 있는 과거
는 "짐승처럼 도사리고 있"다, 여기에, 바로 지금, 여기에.
(「Still Life」) 과거는 "태양풍보다 빠르게 달아"났지만, 그날
의 기억들은 "매일 매시간 생생하게 되살아나는 殘忍들"이
다.(「Monologion」) 우리는 "아무 일도 없었다는 듯 잊은 듯" 다
가오는 과거의 개를 본다. "정말 잊었는가 우리들은" 그날을

잊은 것 아닌가.(「우리들이 있었다」) 채상우는 그날 그곳에 있었던 '우리들'을 물어뜯기 위해 오늘의 개를 보낸다. 과거의 잔인들을 기억하고 기록하기 위해 필사(必死)를 무릅쓰고 과거를 필사(筆寫)한다.

　　군산 해망동 골목길에 버려진 삐라들; 쇠파이프와 각목과
철근과 빈주먹; (…중략…) 지금 나는 끝장나는 중이다; 시월
혁명 당시 사용한 율리우스력에 새겨진 로마 황제들의 오만과
한숨; 오늘 밤에도 청년은 늙어 가고 자살한다 이것을 진리라
고 부를 수 있을까; 토란 잎을 긁던 바람의 뼈; (…중략…) 18
년 전의 焚身들; 미래는 우리를 속였지; (…중략…) 왜 쏘았니
왜 찔렀니 트럭에 실려 어디 갔니; 잘 먹고 잘 사는 법; (…중
략…) 조선전사에 적히지 않은 그날들; 이 세계의 모든 죄악이
증발하는 시각; 왜 시작되지 않았는가 왜 시작되지 않으려 하
는가; 김기설의 유서; 봉화 큰형이 타고 다니던 짐발이 자전거
의 시커먼 철근들; 잊을 수가 없다 도저히; 여수행 1517호 열
차를 스쳐 지나간 별들의 질량; 누구나 똑같은 마음을 나누
어 가졌던 시절; 제 숨결 속으로 밀항하는 텃새들의 궤도; 나
는 여전히 나를 팔아먹고 연명하는 중이다; 태어나는 순간 禁
書가 된 기억과 방치된 기억; 거짓말이야 거짓말이야 거짓말
이야아아; 적들이 사라지자 나는 스스로를 증오하기 위해 부
단히 노력했다; 어떤 銃聲 그리고 또 다른 銃聲 그리고 연이은
銃聲; 실패한 이름들과 실패할 이름들

　　　　　　　　　　　　　　　　　—「一片丹心」 부분

과거가 건축한 기억들의, 일편단심의 목록. 우리가 매장한 기억들의 역습. '도저히' 잊을 수 없는 것들의 이름. 절대로 지워서도, 지워져서도 안 되는 것들. 그 전부를 "거짓말이야 거짓말이야" 절규한다 해서 사라질 리 없는 과거가, 우리의 현재를 구성하는 과거가 여기에 있다. 채상우는 패배자다. 그날 이후의 우리는 전부 죄인들이다. 적이 사라졌으므로, 실패한 우리는 우리를 제거하기 위해서라도 증오의 대상을 옹립해야 한다. 최적자는 바로 '나'다. 과거를 경험하고 기억하고 기술할 수 있는 자, 죽지 않고 살아남아 기록해야 한다는 치욕의 응집체, 바로 '나'이기 때문에, '나'를 처벌하기 위한 가장 잔인한 방법이 필요하다. 타들어 가는 파멸의 도화선을 오랫동안 바라봐야 한다. 잠시 후에 "어떤 銃聲"이 연이어 들릴 것이다. 누가 사라지는가. 총성의 잔향이 사라지기 전에, 살해된 과거를, 과거가 건조(建造)한 목선의 파편을 목격할 것이다. '삐라, 쇠파이프, 각목, 철근, 진리, 마오 평전, 김기설의 유서……' 그러나 사실이었던 것, 바뀌지 않는 사실을 기록한 노래. "왜 쏘았니 왜 찔렀니 트럭에 실려 어디 갔니".

아무런 예고도 없이 사람들이 죽었다 죽은 사람들 뒤로 죽지 못한 사람들이 태어났다 흩어지면 죽는다 흔들려도 죽는다 가야 할 때가 언제인가를 알고 가던 친구의 뒷모습 사라진 찌라시와 운동화와 구토와 깃발들 (…중략…) 지키련다 해골이 두 쪽 나도 오로지 서툰 자만이 파렴치한이 되는 법 (…중략…) 지금은 누군가가 내 심장을 뜯어 가길 바랄 뿐 화

125

요일 저녁 파란 플라스틱 의자에 앉아 저 도토리묵처럼 단단
하게 식어 버린 시간들을 하나하나 되읽는다 아무런 信念도
없이 십 년 전에 혹은 이십 년도 더 전에 내리던 그 비만 차츰
차츰 굵어진다

―「沒書」 부분

채상우가 지키려고 했던 것, "해골이 두 쪽 나도" 우리가
지키고자 했던 것, 우리가 치켜들었던 깃발, 붉은 사랑의 이
념은 어디로 간 것일까. 이념? 중요하지 않다. 어떻게 한 시
절이, 한 사랑이 통째로 순식간에 사라진 것일까. 남겨진
'나'는 죄인인데, 죽어 간 사람들은 '나'를 어떻게 볼까. '나'는
왜 죽지 않았나. "난 오로지 죽어 가는 비명에 지나지 않는
다".(「달콤한 인생」) 채상우는 이 현실 앞에서 소리도 눈물도 없
이 울 줄 안다. 울지 않는 것, 가증스런 위악이다. 세계의 소
멸 앞에서, 이 세계를 끌어안고 슬픈 저녁의 비음으로 젖은
노래를 부르는 채상우 앞에 놓인 세계는 시의 그물이고, 텍
스트의 도시다. 현재를 함몰시키는 "발기하는 기억들", "봉
기하는 서서히 스멀거리는" 과거, "선 끊긴 점조직 죽어 가
면서도 기어가는 흡반들"(「추일서정」)을 시작(詩作)하는 정점에
서, 텍스트들의 혼종 밖으로 나가 뜻밖의 빈자리를 채상우
는 구축한다.

나는 ……의 이지 라이더 …… 위를 내달리지 ……을 파먹
고 ……을 골라 먹고 ……을 후벼 먹지 나는 …… 없인 못 살아

……이 없는 난 시체지 아니 내가 없는 ……이 시첸가? (…중략…) 하물며 인생이니 사랑이니 조국이니 섹스니 실존이니 영원이겠어 그럼 뭐겠니 도대체 뭣 때문에 난 ……의 이지 라이더가 된 걸까 왜 ……의 이지 라이더가 될 수밖에 없었을까 앞으로 ……의 이지 라이더로서 어떻게 살아가야 할까 뭐 그런 게 중요하지 않겠어 혼신을 다해 ……해 봐 혼신을 다해 …… 하다 보면 ……이 나고 내가 ……이란 걸 ……하게 될 거야 그렇다고 …… 때문에 인생을 바칠 필요는 없어 인생이 ……이었고 ……이고 ……일 것이니

—「Easy Rider」 부분

이 시에 불려 온 여섯 개의 흑점은 가능성의 표징들이다. 무한 변양의 상징들이다. 그리고 우리가 잊지 않아야 할 과거의 빈 부분이다. 발견과 해석으로 채워질, 들어찬 여백이다. 채상우가 점으로 채워 버린, 말줄임표로 비워 버린 단어들의 자리, 통사들의 빈집을 채우는 자, 바로 우리다. 빈자리에 들어가 문장을 완성하여 새로운 의미를 구현할 수많은 명사들을 우리는 선택할 수 있다. 가능태로서의 현재는 축적된 과거의 총합이 아닐 것이다. 우리가 잊지 않아야 하는 것, 잊어서는 안 되는 것들의 목록을 저 위의 공란에 넣어 보자. 무엇이 우리에게 해(解)로 주어지는가.

면과 면이 만나는 곳 면과 면이 만나 조금씩 저무는 곳 어둑어둑 이운 손금과 또 다른 손금이 서로를 알아볼 때 마침내

사라지는, 틈 없는 틈

　지평선 쪽으로 자꾸 새들이 사라지는 까닭

　날갯짓 소리도 울음소리도 하나 없이 소멸하는 한량없는
모서리, 모서리마다를 간신히 꿰매고 있는

　나, 무, 나, 무, 나, 무, 나, 무, 나, 무, 나, 무,

　염불 소리처럼 서녘을 지키고 선 뼈만 남은 나무들

　(…중략…)

　가닿을 수 없는 곳

　언젠가는 만나러 가야 할

　필멸의 자락

—「芒角」 부분

　"면과 면이 만나는 곳"은 모서리다. 채상우의 모서리는
"면과 면이 만나 조금씩 저무는 곳"이다. 그곳은 "사라지는,
틈 없는 틈"이다. "조금씩 저무는 곳"으로 "자꾸 새들이 사
라"진다. 그곳은 "소멸하는 한량없는 모서리"인데, 사라지

는 것들을, 빨려 들어 소멸하는 것들을 "간신히 꿰매고 있는" 것은 나무다. 나무는 "나, 무"로 분리된다. '나'는 '무(無)'다. 사라지는 것들을 붙잡는, "염불 소리처럼 서녘을 지키고 선" 나무들의 "뼈만 남"았다. 소멸을 향해 나아가는 저 세계의 존재들을 묵묵히 따라가면서 채상우는 드리운 죽음의 냄새를 흡수한다. 소멸하고자 하는 주체의 욕망을 받아들인다. 왜 그는 이토록 자신을 폐멸시키려고 하는 것일까. 죽음으로 끝을 마감하려 하는 것일까. 그는 어떤 사랑 때문에 "필멸의 자락"인 모서리를 돌아 저 너머로 건너가려는 것일까. 우리는 여기서 채상우의 사랑을 발견한다. "아무 일도 하지 않았는데/ 꽃이" 피고, "아무 생각도 하지 않았는데/ 저 멀리 우주의 일처럼/ 푸른 꽃 하나" "하염없이 내내" 피어오르는 "朗麗"한 꽃의 세계를 맞이한다.(「차이나 블루―浪人情歌 또 다른 부기」) "살아온 모든 시간들이 나와는 무관하게 흘러내리는" "어느 두렵고 친근한" 거리를 건너, "푸른 피리 소리처럼 비 내리는 오후"를 지나(「Maria Elena」) 막 저녁이 당도한 이 세계의 가랑이 아래에서 쓸쓸한 사랑의 흔적을 발견한다. 처연 속을 거닐다가 사랑의 능지처참에 몸을 빼앗긴 채상우의 기억의 맨살을 본다. 사랑은 "이미 시작되었"고 그것은 "시작되자마자 사라지고 있다 그것은/ 사라지면서 시작되고자 한다".(「어떻게 사랑하게 되었을까」)

(…전략…) 그녀와 나는 간절히 기도했다 우리가 우리에게 잘못한 사람을 용서하여 준 것처럼 우리 죄를 용서하여 주시

129

옵고 우리를 시험에 빠지지 않게 하시옵고 그녀와 나는 자꾸

아름다워졌다 더 이상 아름다워질 수 없을 만큼 그녀와 나
는 그녀의 발목을 자르는 일에 혼신을 다했다 그녀의 발목으
로 만든 책상과 의자에 앉아 그녀의 발목을 저미고 얇게 펴 말
려 그녀의 발바닥을 하나하나 탁본하곤 했다 저녁이면 세상을
한 번도 걸어 본 적 없는 발자국들을 하늘로 날려 보냈다 저벅
저벅 지는 해를 따라 그녀의 발목이 노을을 딛고 사라지는 소
리를 들으며 하루를 떠나보냈다 모든 게 순조로웠다 매일매일

(…중략…)

그녀의 발목에선 아직도 죄 없는 나무 냄새가 난다 그 냄
새가 내 몸을 깨운다 언제 죽었는지도 기억나지 않는 내 팔과
다리는 톱과 끌과 망치와 대패가 된 지 오래 늙은 그녀가 무럭
무럭 자라난 발목을 숫처녀처럼 내밀 때마다 내 이마에는 녹
슬지 않는 못이 부끄러움 없이 돋아난다 진실은 중요하지 않
아 희생만이 널 구원할 뿐, 서둘러야 한다 아침이 가기 전에
                    —「크라잉게임」 부분

사랑하기 때문에 우리는 아름다워진다. 사랑 때문에 죄를
용서할 수 있다. 사랑이 있다면 우리는 구원받을 수 있다. 사
랑하는 그녀가 도망가지 못하게, 사랑하는 그녀가 '나'를 떠
날 수 없게 "그녀의 발목을 자르는 일에 혼신을 다했"던 채상

우에게 사랑은 과거의 일이 되고 만 듯하다. "저녁이면 세상을 한 번도 걸어 본 적 없는 발자국들을 하늘로 날려 보냈"기 때문이다. 사랑을 잃어버렸기에 죄인인 것일까. 채상우의 사랑은 아직 한 번도 이루어진 적이 없는 것일까. 그럴지도 모른다. 혁명처럼 사랑은 이루어지지 않는 것인지도 모른다. 사랑은 "한 번도 걸어 본 적 없는 발자국"이기 때문이다. 사랑에 외면당한 채상우는 "언제 죽었는지도 기억나지 않는" 존재. 사랑하는 그녀 앞에서 '나'의 "이마에는 녹슬지 않는 못이 부끄러움 없이 돋아난다". 그녀는 '나' 때문에 세상을 포기하고 '나'의 사랑이 되어 주었는데, '나'는 그녀를 지키지 못하고, 혁명의 끝에 이르지 못하고, 사랑을 잃어버렸다. '나'는 죄인이고, '나'는 벌 받아야 한다. 채상우는 말한다. "희생만이" 자신을 구원할 수 있다는 것을 깨닫는다. 우리가 사랑할 때, 우리는 "우리[의] 죄를 용서하여 주시옵"소서, 기도할 수 있었다. 우리가 사랑을 잃어버렸을 때, 우리는 "더 이상 아름다워질 수 없을 만큼" 죄의 빛으로 찬란했다. 사랑을 놓친 자, 사랑을 배신한 자, 그 자가 바로 '나'다.

비 내리고 먼나무 한 그루 이른 봄비 사이를 서성인다

지금 내 방 창문을 두드리는 여자는 작년에 죽은 애인

비린내가, 비린내가 나기 시작한다

>

먼나무 한 그루 밤새 붉은 비 사이를 서성인다

　　　　　　　　　　　—「붉은 열매가 맺혔다」 전문

　결국 사랑의 폐허 속에서 채상우는 비를 맞는다. 봄비 속을 떠도는 죽은 애인의 비린내를 맡는다. "작년에 죽은 애인"이 '나'를 찾아왔다. 그녀 대신 채상우는 "밤새 붉은 비 사이를 서성인다". 그것이 사랑에 실패한 자가 받아야 할 형벌이다. 채상우의 신체를 벌리고, 영혼을 파쇄하는 사랑의 붉은 기운은 저녁의 비명 소리를 불러온다. 우리의 세계에 "저녁이 오는데" 비명 소리만 가득하다.

　　이제 누구를 믿어야 하나 누구를 사랑할 수 있을까 비명 소
　　리 저기 저녁이 오고 있는데 도대체 비명 소리 (…중략…) 그치
　　지 않는 비명 소리 저녁이 오고 있는데 (…중략…) 저기 저렇게
　　저녁이 오고 있는데 살 타는 냄새 살이 타는 소리 저녁이 불타
　　오르는 소리 비명 소리 비명 소리 비명 소리 저녁이 오고 있는
　　데 저녁이 오고 있는데 저녁은 오지 않고 이제 영영 오지 않고
　　비명 소리 비명 소리 비명 소리만　　　—「우리 동네」 부분

　사랑이 절멸한 뒤, 채상우가 지르는 비명 소리, 세계의 비명 소리가 여기에 있다. 채상우는 절규하지 않는다. 과거의 습격을 온몸으로 받아들이듯이, 채상우는 오늘의 검은 절망을 피하지 않는다. 채상우의 저녁은 세계가 내일의 문을 닫아 버리는, 괴멸될 오늘의 운명을 문자로 기록하여 영원한 기

억이 되게 하는, 절멸될 존재들의 마지막 비명 소리가 압착되는 때다. 그리하여, 오늘 저녁 "하늘에 남겨진 새의 주저흔들"이 새겨지고, "어느 목숨에나 기생하는 적멸의 기원"이 탄생하고, "내가 지금껏 공들여 필경해 온 연대기"가 완성된다. 채상우는 "곳곳에 나부끼는 다정한 迷妄과 痴毒"과 "오랫동안 사귀었던 정든 내 머릿속의 목소리들"에게 "안녕 안녕"을 고한다. "이젠 더 이상 내가 궁금하지 않"은(「시작 메모─浪人情歌」) '나'는 지금 "끝장나는 중이"지만(「一片丹心」), 저 세계의 비명 소리가 채상우를 횡단할 때, 검은 사랑은 "그날 저녁 이후 궁금해지는 生死"(「저녁이면 저녁이」)로 귀소한다. "죽은 나뭇가지들 사이로 스며들고 있는 허공" 속을 "새가 날고 있다". 채상우는 "죽은 산수유나무 가지"에 "잎이 돋"고 있는 광경을 바라본다. "이곳을 떠날 수가 없다"고 침묵의 비명을 지른다. (「세계의 끝」) 채상우는 묻는다. "이 흔들리는 저녁에 담긴 그날 저녁은 정녕 무엇인가 그 많던 저녁들은 다 어디로 사라지고 그날 저녁만 남아 저녁이 되었는가".(「저녁이면 저녁이」) "그날 저녁"에 벌어진 일을 잊을 수 없다고 절규한다. 잊을 수 없기 때문에, 채상우는 기억한다. 여기 그날이 있다.

> 龍山이
> 龍山의 大韓民國이
> 불타고 있다 ─「쓴다」 3연

이 시의 마지막 행이자 연은 "畢竟"이다. 끝에 이르렀다. 채상우는 필경(筆耕)하는 자다. "그리하여 나는 고요한 사람 움직이지 않는 사람 흔들리지 않는 사람 비밀을 완성하는 사람"이다. '나'에게 그대가 다가와 속삭인다. 그대는 "자책과 욕설을 내 움푹 팬 가슴"에 처넣지만, 그대가 속삭인 사랑의 밀어는 "내 무른 눈구멍에서" 종달새를 날아오르게 하고, '나'는 "포도주처럼 다시 명랑해"지고, 마침내 "아직 명명되지 않은 혁명처럼 아름"다운 어제가 다시 시작되는 오늘, 채상우는 "아직 태어나지 않은 사람"처럼 이곳에 서 있다.(「그리하여 나는」) 오늘이라는 불가사의 너머의 불가사의에 가닿기 위해 채상우는 다시 저쪽으로 걸어가려 한다. 이해도 포기도 사랑도 절망도 불가능한 '당신들'을 사랑하기 위해 "마지막 저녁을 건너려는 새"가 되어 "이 생의 마지막이 마지막으로 시작되려던 순간"으로 들어간다.(「이 사람을 보라」)

　　나는 아직 불타지도 죽지도 않았다 이제 나는 나를 상상할 수가 없다 오늘은 결코 미감수에 빠진 중국무당벌레를 건져내지 못할 것이다 불신지옥을 외치는 남자에게 여기가 어디냐고 묻지 않았다 아직 해당화는 피지 않았고 맥문동은 제 그늘 속에서 말이 없다 애인이 사라진 뒤부터 쉰이 넘은 이모는 뜨개질을 멈췄다 유서를 미처 쓰지 못한 사람과 찢어 버린 사람을 만날 용기는 차마 없었다 길 건너 빌딩엔 예배당과 안마시술소와 영재학원과 빵집과 트랜스젠더 바와 문구점과 곱창구이집과 김밥집과 부동산중개소가 있지만 아직 길을 건너지 못했다
　　　　　　　　　　　　　　　　　　　　—「既往歷」 부분

*

내 앞에서

미처 떠나지 못한 나뭇잎 한 장 *前生*을 향해 요동친다 저 먼 동네 어디에선가 젊은 엄마가 아이를 찾아 나서던 골목길 이 태반 쏟아지듯 열리고 돌이킬 수 없는, 그것이 일어서고 있다.(「오래된 전조」) 연기(緣起)의 옛길을 추적해 가면, 세 번째 눈을 크게 뜨면, 그 얼굴을 다시 만나겠네. 되돌아가 옛 구 멍에 들어가면, 떠오르는 내일을 볼 테지만, 그때, 내가 잃 어버린 것은 무엇일까 내가 잃어버린 것은 정말 무엇이었을 까 나는 이제 무엇을 잃어버려야 할까 나는 무엇을 잃어버렸 다고 고백해야 하나.(「금요일의 시작」) '나'를 만나 행복해, '너'를 오랫동안 그리워했어, 곧 이 기쁨도 끝나겠지만, 우리는 노 래 한 곡을 완성한 것이야. 부를 수 없는 노래, 누군가 훔쳐 야 하는 노래, 결국 우리 모두의 노래. 이 나라의, 어이없는, 이 사회의, 기가 막힌, 이 민족의 노래. 나의 노래, 우리의 노 래, 채상우의 노래.

아름다운 환멸과 혼돈의 고통스러운 필경이 시작되었다.

텍스트

시인의 말 Nirvana, 「Lithium」.

제1부

결행의 순간 Eagles, 「Desperado」; Lewis Carroll, *Through the Looking-Glass and What Alice Found There*; Queen, 「She's a Killer Queen」; Uriah Heep, 「July Morning」. **血書** 김추자, 「꽃잎」. **혁명전야** 노래마을, 「우리의 노래가 이 그늘진 땅에 햇볕 한 줌 될 수 있다면」; 송창식, 「사랑이야」; The Beatles, 「Hey Jude」. **僞年輪** M. Night Shyamalan, 「The Happening」; Shawn Colvin, 「Sunny came home」; Tom Kalin, 「Savage Grace」; U2, 「With or without you」. **우리가 불 속에서 잃어버린 것들** 「임을 위한 행진곡」; 김수희, 「애모」; 김현식, 「내 사랑 내 곁에」; 나훈아, 「영영」; 패티 김, 「그대 없이는 못 살아」; 한용운, 「알 수 없어요」; David bowie, 「The man who sold the world」; Leos Carax, 「Mauvais sang」; Susanne Bier, 「Things we lost in the fire」. **저개발의 기억** 니체, 『권력에의 의지』; 신중현과 엽전들, 「빗속의 여인」; 임화, 「네 街里의 順伊」; 장현, 「미련」; 황지우; 나카에 이사무(中江功), 「냉정과 열정 사이(冷靜と情熱のあいだ)」; F. Villon, 「Mais où sont les neiges d'antan?」; Giorgio de chirico, 「The Mystery and Melancholy of a Street」; Smokie, 「Living next door to Alice」; Tomas Gutierrez Alea, 「Memorias Del Subdesarrollo」. **새는 페루에 가서 죽는다** Romain Gary. **달콤한 인생** 서태지와 아이들, 「환상 속의 그대」; 홍상수, 「잘 알지도 못하면서」; Freddie Aguilar, 「Anak」; Sound Horizon, 「笛吹き男とパレード」; John Cameron Mitchell, 「Hedwig and The Angry Inch」; Robert Louis Stevenson, 「The Strange Case of Dr. Jekyll and Mr. Hyde」. **저녁이면 저녁이** 코나, 「우리의 밤은 당신의 낮보다 아름답다」. **密書** 『마태복음』

136

27장 46절; 『욥기』 27장 5절; 「전사의 맹세 1」; 이난영, 「목포의 눈물」; 하남석, 「밤에 떠난 여인」; 현인, 「굳세어라 금순아」; 이케다 하루나(池田春菜), 「당신을 그리워하고 싶어(あなたを想いたい)」; Metallica, 「The Day That Never Comes」. **검은 기억 위의 검은 기억** 혜은이, 「당신은 모르실 거야」; Christopher Nolan, 「The Dark Knight」; Rage Against The Machine, 「Bombtrack」.

제2부

Easy Rider Dennis Hopper, 「Easy Rider」. *미국 남부에서는 '기둥서방'이라는 뜻의 은어로 쓰임. **Still Life** 김정미, 「간다고 하지 마오」; 사랑의 하모니, 「별이여 사랑이여」; 산울림, 「청춘」; 윤연선, 「얼굴」; 한대수, 「하루 아침」; 지아 장 커(Zhang Ke Jia), 「스틸 라이프(Still Life)」; Goo Goo Dolls, 「Iris」; Thomas Jahn, 「Knockin' on Heaven's Door」. **旣往歷** 「코란」. **진화하는 감정** 나미, 「빙글빙글」. **자꾸 걸어 나가면** 「앞으로」; 이치현과 벗님들, 「당신만이」; 王家衛, 「My Blueberry Nights」; Renato Fucini, 「Tosca」. **쓴다** 「지리산」; 余力爲, 「Plastic City」; Edward James Olmos, 「Battlestar Galactica-The Plan」. **忘記 他** 鄧麗君, 「忘記他」. **추일서정** 오렌지 캬라멜, 「립스틱」; 윤시내, 「난 열아홉 살이에요」.

제3부

浪人情歌 백석, 「나와 나타샤와 흰 당나귀」; 李兆年, 「多情歌」; 현숙, 「정말로」; 伍佰, 「浪人情歌」; Eagles, 「Wasted Time」. **새의 날개에서 떨어진 한 방울의 이슬이 거미줄 그늘에서 잠자는 로잘린의 눈을 뜨게 한다―浪人情歌 부기** 「전대협 진군가」; 한영애, 「조율」; 鄧麗君, 「何日君再來」; 바짜야나, 「카마수트라」; Eric Clapton, 「Layla」; Joan Miro; Led Zeppelin, 「Moby Dick」 & 「Stairway to Heaven」. **시작 메모―浪人情歌** 「작별」; 이상은, 「비밀의 화원」; Eminem, 「HellBound」; U2, 「One」.

제4부

크라잉게임 주기도문; 윤동주, 「별 헤는 밤」; Pablo Illanes, 「Baby Shower」. **Maria Elena** 「Maria Elena」(王家衛, 「阿飛正傳」 OST). **盡心** 김소월; 김추자, 「님은 먼 곳에」; 원더걸스, 「So Hot」; 원준희, 「사랑은 유리 같은 것」; 윤동주; 이상; 스피츠(Spitz), 「하야부사(ハヤブサ)」. **그 겨울의 찻집** 「복수가」; 「조국과 청춘 1」; 조용필, 「그 겨울의 찻집」. **리튬** 도이 노부히로(土井裕泰), 「지금, 만나러 갑니다(いま、会いにゆきます)」; Nirvana, 「Lithium」. **잘 있으니까 걱정 말아요** 『詩經』; Lemegeton; Philippe Lioret, 「Je vais bien, ne t'en fais pas」. **死亡遊戱** 이승철, 「안녕이라고 말하지 마」; Bon Jovi, 「Never Say Goodbye」.

제5부

이십세기 소년 독본 The Rolling Stones, 「Live with me」. **강철은 어떻게 단련되는가** 혜은이, 「열정」; 陶淵明, 「歸去來辭」; 니꼴라이 오스뜨로프스끼, 『강철은 어떻게 단련되는가』; 체로키족의 달력; Suede, 「Beautiful Ones」. **沒書** 『道德經』 중 「戒强」; 「파업가」; 원수연, 「매리는 외박 중」; 이형기, 「낙화」; 劉偉强, 「The Flock」; David Ayer, 「Street Kings」; Eminem, 「Stan」; Neil Armfield, 「Candy」; Pink, 「Sober」; Sean Mathias, 「Bent」. **Monologion** Luigi Comencini, 「La Ragazza di Bube」. **Le Paria** 정훈희, 「안개」; 『르 파리아(Le Paria)』(호치민이 편집장으로 근무했던 신문명. '추방자'라는 뜻). **동행** 코마츠 마유미(小松真弓), 「우연히(たまたま)」. **감정교육** 「복수가」; 김완선, 「기분 좋은 날」과 「리듬 속의 그 춤을」; 서태지와 아이들, 「환상 속의 그대」; 장은숙, 「함께 춤을 추어요」; Gustave Flaubert. **강철서신** 「불나비」; 「얼굴 찌푸리지 말아요」; 이민섭, 「당신은 사랑받기 위해 태어난 사람」; 전원석, 「떠나지 마」; 홍성창, 「드라마의 제왕」. **一片丹心** 「오월」; 김추자, 「거짓말이야」; 도스또예프스끼, 「백치」; 보르헤스, 「끝없이 두 갈래로 갈라지는 길들이 있는 정원」과 「바벨의 도서관」; 폴 델보, 「문 앞에서」; Yves Simoneau, 「Bury My Heart at Wounded Knee」. **天長地久** 『詩經』; 「죽창가」(원작 김남주); 서울대 트리오, 「젊은 연인들」.